1.99

LES VOLETS VERTS

Georges Simenon, écrivain belge de langue française, est né à Liège en 1903. Il décide très jeune d'écrire. Il a seize ans lorsqu'il devient journaliste à *La Gazette de Liège,* d'abord chargé des faits divers puis des billets d'humeur consacrés aux rumeurs de sa ville. Son premier roman, signé sous le pseudonyme de Georges Sim, paraît en 1921 : *Au pont des Arches, petite histoire liégeoise.* En 1922, il s'installe à Paris avec son épouse peintre Régine Renchon, et apprend alors son métier en écrivant des contes et des romans-feuilletons dans tous les genres : policier, érotique, mélo, etc. Près de deux cents romans parus entre 1923 et 1933, un bon millier de contes, et de très nombreux articles...

En 1929, Simenon rédige son premier Maigret qui a pour titre : *Pietr le Letton.* Lancé par les éditions Fayard en 1931, le commissaire Maigret devient vite un personnage très populaire. Simenon écrira en tout soixante-quinze aventures de Maigret (ainsi que plusieurs recueils de nouvelles) jusqu'à *Maigret et Monsieur Charles,* en 1972.

Peu de temps après, Simenon commence à écrire ce qu'il appellera ses « romans-romans » ou ses « romans durs » : plus de cent dix titres, du *Relais d'Alsace* paru en 1931 aux *Innocents,* en 1972, en passant par ses ouvrages les plus connus : *La Maison du canal* (1933), *Les Fiançailles de M. Hire* (1933), *L'homme qui regardait passer les trains* (1938), *Les Inconnus dans la maison* (1940), *Trois chambres à Manhattan* (1946), *Lettre à mon juge* (1947), *La neige était sale* (1948), *Les Anneaux de Bicêtre* (1963), etc. Parallèlement à cette activité littéraire foisonnante, il voyage beaucoup, quitte Paris, s'installe dans les Charentes, puis en Vendée pendant la Seconde Guerre mondiale. En 1945, il quitte l'Europe et vivra aux Etats-Unis pendant dix ans ; il y épouse Denyse Ouimet. Il regagne ensuite la France et s'installe définitivement en Suisse. En 1972, il décide de cesser d'écrire. Muni d'un magnétophone, il se consacre alors à ses vingt-deux *Dictées,* puis, après le suicide de sa fille Marie-Jo, rédige ses gigantesques *Mémoires intimes* (1981).

Simenon s'est éteint à Lausanne en 1989. Beaucoup de ses romans ont été adaptés au cinéma et à la télévision.

GEORGES SIMENON

Les Volets verts

PRESSES DE LA CITÉ

AVERTISSEMENT

Des amis, qui ont lu ce roman sur épreuves, me font craindre que des imbéciles, des malveillants, ou simplement des gens qui se croient informés, prennent, ou feignent de prendre, mon livre pour un roman à clef et identifient le personnage de Maugin avec tel ou tel acteur célèbre.

La formule déjà usée : « Ceci est une œuvre d'imagination et toute ressemblance, etc., etc. », ne suffit plus.

Je tiens, au seuil de ce livre auquel j'attache, à tort ou à raison, une certaine importance, à déclarer *catégoriquement* que Maugin n'est un portrait ni de Raimu, ni de Michel Simon, ni de W.-C. Fields, ni de Charlie Chaplin, que je considère comme les plus grands acteurs de notre époque.

Mais, justement à cause de leur stature, il n'est pas possible de créer un personnage de leur taille, dans leur profession, qui n'emprunte certains traits, certains tics, à l'un et à l'autre.

Tout le reste est pure fiction, je l'affirme, qu'il s'agisse du caractère de mon héros, de ses origines familiales, de son enfance, des épisodes de sa carrière, comme des détails de sa vie publique ou privée et de sa mort.

Maugin n'est ni Untel, ni Untel. Il est Maugin, tout simplement, avec des qualités et des défauts qui n'appartiennent qu'à lui et dont je suis seul responsable.

Je n'écris pas ces lignes pour éviter quelque procès comme il m'en a déjà été fait, mais par souci de la vérité, par souci de la mémoire de ceux que j'ai cités plus haut et qui sont morts, de la personnalité de ceux qui vivent encore.

Georges Simenon.
Le 11 mai 1950.

PREMIÈRE PARTIE

1

C'était curieux : l'obscurité qui l'entourait n'était pas l'obscurité immobile, immatérielle, négative, à laquelle on est habitué. Elle lui rappelait plutôt l'obscurité presque palpable de certains de ses cauchemars d'enfant, une obscurité méchante qui, certaines nuits, l'attaquait par vagues ou essayait de l'étouffer.

— Vous pouvez vous détendre.

Mais il ne pouvait pas encore remuer. Respirer seulement, ce qui était déjà un soulagement. Son dos était appuyé à une cloison lisse dont il n'aurait pu déterminer la matière et, contre sa poitrine nue, pesait l'écran dont la luminosité permettait de deviner le visage du docteur. Peut-être était-ce à cause de cette lueur que l'obscurité environnante semblait faite de nuages mous et enveloppants ?

Pourquoi l'obligeait-on à rester si longtemps dans une pose inconfortable, sans rien lui dire ? Tout à l'heure, sur le divan de cuir noir, dans le cabinet de consultation, il gardait sa liberté d'esprit, parlait de sa vraie voix, sa grosse voix bourrue de la scène et de la ville, s'amusait à observer Biguet, le fameux Biguet qui avait soigné et soignait encore la plupart des personnages illustres.

C'était un homme comme lui, à peu près de son âge, sorti de rien aussi, un paysan dont la mère était jadis servante dans une ferme du Massif central.

Il n'avait pas la voix de Maugin, ni sa taille, sa carrure, sa large gueule carrée, mais, trapu, le poil hirsute, il sentait encore le terroir et continuait à rouler les r.

— Pouvez-vous rester exactement comme vous êtes pendant quelques minutes ?

Maugin dut tousser pour s'éclaircir la gorge et répondre que oui. Malgré sa demi-nudité et le froid contact de l'écran, des gouttes de sueur lui giclaient de la peau.

— Vous fumez beaucoup ?

Il eut l'impression que le professeur posait cette question sans nécessité, sans conviction, seulement pour le mettre à l'aise, et se demanda s'il allait lui en poser une autre, plus importante, qu'il attendait depuis le début de la consultation.

Ce n'était pas un rendez-vous comme un autre. Il était sept heures du soir et la secrétaire du médecin était partie depuis longtemps.

Maugin connaissait Biguet pour l'avoir rencontré deux ou trois fois, à des premières ou à des réceptions. Tout à l'heure, brusquement, alors qu'il y pensait depuis des mois, il s'était décidé à lui téléphoner.

10

— Cela ne vous ennuierait pas trop de jeter un coup d'œil sur mon cœur ?

— Vous jouez en ce moment, n'est-ce pas ?

— Chaque soir, avec matinée le samedi et le dimanche.

— Vous tournez ?

— Tous les jours au studio des Buttes-Chaumont.

— Cela vous arrangerait de passer chez moi entre six heures et demie et sept heures ?

Il s'était fait conduire par la voiture du studio, comme d'habitude. Cette clause était stipulée dans tous ses contrats et lui économisait les frais d'une auto et d'un chauffeur, car il n'avait jamais appris à conduire.

— Au *Fouquet's*, monsieur Emile ?

Les gens qui étaient en contact fréquent avec lui croyaient malin de l'appeler M. Emile, comme si le nom de Maugin était trop gros pour leur gorge. Certains, qui ne l'avaient rencontré que deux fois, s'écriaient lorsqu'il était question de lui :

— Ah ! oui. Emile !

Il avait répondu non. Il pleuvait. Enfoncé dans le capitonnage de la voiture, il regardait d'un œil glauque les rues mouillées, les lumières déformées par la glace, les vitrines, pauvres d'abord, d'une banalité laide, des quartiers populeux, crémeries, boulangeries, épiceries et bistrots, surtout bistrots, puis les magasins plus brillants du centre.

— Tu me déposeras au coin du boulevard Haussmann et de la rue de Courcelles.

Comme par hasard, alors qu'ils traversaient la place Saint-Augustin, la pluie se mettait à tomber si dru, en grosses gouttes rebondissantes, que le pavé ressemblait à la surface d'un lac.

Il avait hésité. C'était facile d'arrêter la voiture en face de la maison du professeur. Mais il savait bien qu'il ne le ferait pas. Il était six heures quand il avait bu deux verres de vin dans sa loge du studio et, déjà, le malaise commençait, un vertige, une angoisse dans la poitrine, comme jadis quand il avait faim.

— Vous descendez ici ?

Le chauffeur était surpris. Il n'y avait, au coin de la rue, que le magasin d'un tailleur dont les volets étaient fermés. Mais, quelques maisons plus loin, dans la rue de Courcelles, Maugin reconnaissait la devanture mal éclairée d'un bistrot pour chauffeurs.

Il ne voulut pas y entrer devant Alfred, attendit un moment debout, énorme, au coin du boulevard, avec de l'eau qui emplissait déjà le bord relevé de son chapeau et ruisselait sur ses épaules.

La voiture s'éloigna, mais ce fut pour s'arrêter quelques mètres plus loin, justement, en face du bistrot dans lequel Alfred, tête basse, les épaules rentrées se précipita.

Sans doute avait-il soif, lui aussi, ou besoin de cigarettes ? Au moment de pousser la porte, il s'était tourné dans la direction de Maugin, et celui-ci, par contenance, se dirigeait vers la première porte cochère, comme si c'était là qu'il avait affaire, puis, l'ayant franchie, attendit, dans l'obscurité du porche, que la voiture s'éloignât.

Après, il était entré au bar où les conversations avaient cessé, tout le monde avait regardé en silence le grand Maugin qui, la moue maussade, la voix enrouée, grognait :

— Un rouge !

— Un bordeaux, monsieur Maugin ?

— J'ai dit un rouge. Vous n'avez pas de gros rouge, ici ?

Il en avait bu deux verres. Il en buvait toujours deux coup sur coup, chacun d'un trait, et il avait dû déboutonner son pardessus pour prendre la monnaie dans sa poche.

Est-ce que le Dr Biguet avait senti son haleine, tout à l'heure, lorsqu'il l'auscultait ? Est-ce que, comme les autres, il lui poserait la question ?

Se rendait-il compte que, depuis que Maugin avait le torse coincé entre deux surfaces rigides et que l'obscurité faisait de lui un aveugle, ils n'étaient plus deux hommes à égalité ?

Il devait en avoir l'habitude. Les autres, le président du Conseil, les grands capitaines d'industrie, les académiciens, les hommes politiques et les princes étrangers qui faisaient le voyage pour le consulter étaient-ils d'une pâte différente ?

— Respirez normalement, sans effort. Ne bougez surtout pas la poitrine.

D'abord, il n'y avait eu que deux bruits dans la pièce, le souffle régulier du médecin et le tic-tac de sa montre dans la poche de son gilet. Maintenant, dans l'univers des nuées noires, on entendait un curieux grattement, que Maugin n'identifia pas tout de suite et qui lui rappela le grincement de la craie sur le tableau noir, dans l'école de son village. Il baissa la tête avec précaution, aperçut, comme un ectoplasme, le visage attentif, la main laiteuse du professeur, et comprit qu'il était occupé à dessiner sur la plaque fluorescente ou sur une feuille transparente qu'il y avait appliquée.

— Vous n'avez pas froid ?

— Non.

— Vous êtes né à la campagne ?

— En Vendée.

— Bocage ou marais ?

— Tout ce qu'il y a de plus marais. Marais mouillé.

Un peu plus tôt, dans le cabinet de consultation, cela se serait probablement passé autrement. Maugin était assez curieux du professeur qui, dans sa sphère, était à peu près aussi éminent que lui dans la sienne.

Il ne l'avait pas fait exprès de s'arrêter un instant sous la voûte et d'examiner la loge de la concierge. (Car, ici, c'était une concierge, alors que chez lui, avenue George-V, c'était un homme en uniforme prétentieux.)

Il gardait encore l'esprit libre, à ce moment-là, un peu trop libre même, peut-être parce qu'il tenait à se prouver que son cœur ne le préoccupait pas outre mesure.

Rien que le fait d'habiter le boulevard Haussmann était un signe. Cela sentait davantage la vraie bourgeoisie, celle qui se sait solide, qui n'a plus besoin de jeter de la poudre aux yeux, qui se préoccupe davantage de son confort que des apparences. Il n'y avait pas de colonnes corinthiennes dans le hall, et l'escalier n'était pas en marbre blanc, mais en vieux chêne couvert d'un épais tapis rouge.

Seul dans l'ascenseur, il en avait profité pour souffler sur la paume de ses mains et la respirer ensuite, afin de s'assurer qu'il ne sentait pas trop la vinasse.

Cela constituait un hommage, de la part de Biguet, de lui avoir donné rendez-vous en dehors de ses heures habituelles, sans sa secrétaire, sans son assistante. Avait-il compris que Maugin ne pouvait risquer de voir les journaux du lendemain annoncer qu'il était gravement malade ?

Ce n'était pas non plus la domestique qui lui avait ouvert la porte, mais le docteur en personne qui portait un veston d'intérieur en velours noir et semblait ainsi accueillir un ami. Une seule lampe était allumée dans le salon où brûlaient paisiblement des bûches.

— Comment allez-vous, Maugin ?

Il ne lui disait pas monsieur, ce qui était encore très bien, car ils avaient tous les deux dépassé ce cap-là.

— Je suppose que le théâtre vous réclame et que vous n'avez pas beaucoup de temps à me donner. Si vous voulez, nous irons tout de suite dans mon cabinet.

Il avait entrevu un piano à queue, des fleurs dans un vase, un portrait de jeune fille encadré d'argent. Et, derrière les portes closes, de chêne sombre, il devinait la vie ordonnée et chaude d'un vrai foyer.

— Retirez votre veston et votre chemise.

C'était si peu l'heure des consultations que le professeur dut allumer lui-même un radiateur à gaz.

Il n'avait pas rempli de fiche, lui avait fait grâce de l'interrogatoire habituel.

— Fichtre ! s'était-il écrié en tâtant les muscles de Maugin, une fois celui-ci étendu sur le divan noir. Je vous savais solide, mais je ne m'attendais pas à cela.

N'en avait-il pas autant lui-même sous le velours de son veston ?

— Aspirez.

Il ne posait pas de questions. Est-il besoin d'en poser aux gens qui viennent trouver Biguet ?

— Expirez.

Le stéthoscope se promenait, tout froid, sur la poitrine couverte de longs poils.

— Vous pissez facilement ? Vous vous relevez souvent la nuit ?

Et ce n'était pas seulement l'énorme torse qui l'intéressait, pas seulement la carcasse de Maugin, et les viscères qu'elle contenait, mais l'homme... dont, comme tout le monde, il connaissait la légende. Il se tenait assis devant lui, les genoux écartés, penché en avant, et l'acteur le regardait avec une curiosité à peu près égale.

— J'aimerais jeter un coup d'œil là-dedans au fluoroscope. Ne vous rhabillez pas. J'espère qu'il ne fera pas trop froid à côté.

Il y faisait, au contraire, étouffant.

Maintenant, son crayon, ou sa craie, crissait dans le silence que rythmaient leurs deux souffles. Paris, la pluie dans les rues où les réverbères mettaient des étoiles, le théâtre, là-bas, à la porte duquel des gens devaient déjà faire la queue, tout avait sombré dans un gouffre pour ne laisser vivre que cette obscurité qui oppressait Maugin de plus en plus, au point de lui donner envie de s'échapper.

— Soixante ans ?

— Cinquante-neuf.

— Gros baiseur ?

— Je l'ai été. Cela me prend encore, par crises.

Il ne lui parlait toujours pas de boissons, ni d'ailleurs de son cœur, de ce qu'il avait pu découvrir depuis une demi-heure déjà que durait l'examen.

— Beaucoup de films en perspective ?

— Cinq à tourner cette année.

On était en janvier. Celui qu'il terminait comptait sur son contrat de l'année précédente.

— Au théâtre ?

— Nous jouons *Baradel et Cie* jusqu'au 15 mars.

Depuis quatre ans, on reprenait chaque hiver la pièce qui avait dépassé la millième représentation.

— Cela vous laisse le temps de vivre ?

Il retrouva un peu de sa vraie voix, maussade et agressive, pour grommeler :

— Et vous ?

Est-ce que Biguet avait le temps de vivre, ailleurs qu'à son cours, qu'à l'hôpital, que dans les quatre ou cinq cliniques où il avait des patients et que dans son cabinet de consultation ?

— Votre père est mort jeune ?

— Quarante.

— Cœur ?

— Tout.

— Votre mère ?

— Cinquante-cinq ou soixante, je ne sais plus, dans une salle commune d'hôpital.

Est-ce que l'immeuble du boulevard Haussmann, la loge aux meubles cirés, le salon au feu de bûches et au piano à queue, et jusqu'au veston de velours du docteur, lui pesaient sur l'estomac ? En voulait-il à Biguet d'avoir eu la discrétion de ne pas parler de vin ou d'alcool ?

Ou était-ce seulement le silence du professeur qui l'irritait, son calme, sa sérénité apparente, ou encore sa chance de se trouver de l'autre côté de l'écran ?

Il eut en tout cas l'impression de se venger de quelque chose en prononçant :

— Vous voulez savoir comment mon père est mort ?

Le plus gros de son amertume, de cette méchanceté qui épaississait sa voix, ne venait-il pas de l'incident d'Alfred, des minutes humiliantes passées sous un porche en attendant que la voie du bistrot fût libre, des deux verres de vin avalés en défiant du regard les clients médusés ?

— Je devrais dire « comment il a crevé », car cela s'est passé comme pour une bête. Pis que pour une bête.

— Baissez un tout petit peu l'épaule gauche.

— Je peux parler ?

— A condition que vous ne changiez pas de position.

— Cela vous intéresse ?

— J'ai traversé plusieurs fois le marais vendéen.

— Alors, vous savez ce qu'on appelle là-bas des cabanes. Certaines huttes africaines, au village nègre de l'exposition coloniale, étaient plus confortables et plus décentes. Vous y étiez en hiver ?

— Non.

— Vous auriez compris pourquoi les lits vendéens sont si hauts qu'il faut un escabeau pour y grimper. Quand l'eau des canaux a fini d'envahir les prés, elle gagne les cabanes, et il nous est arrivé de passer des semaines dans notre lit, mes sœurs et moi, sans pouvoir en sortir parce qu'il y avait de l'eau tout autour. Les maraîchins, en général, sont pauvres. Mais dans notre hameau, et à une lieue à la ronde, il n'y avait qu'un homme à vivre de la charité communale : mon père.

Il semblait ajouter :

« — Parle de ta mère qui était servante, après ça ! »

— Vous avez bougé l'épaule gauche.

— Comme ceci ?

— Un peu plus haut. C'est bien.

— Je vous embête ?

— Pas du tout.

— Il était journalier, mais trouvait rarement de l'embauche, car, le soleil à peine levé, il était déjà ivre. C'était devenu, dans le pays, une manière de personnage, et on lui payait à boire pour rigoler. Quand je dis mon père, je n'en sais rien, car on venait voir ma mère comme on va au bordel, avec cette différence que c'était moins loin et moins cher qu'à Luçon.

— Il est mort dans son lit ?

— Dans une flaque d'eau, en janvier, à quelques pas du cabaret où il avait fait son plein. Il est tombé le visage dans la boue et ne s'est pas relevé. J'avais quatorze ans à l'époque. Il y avait de l'eau partout. Ma mère m'a envoyé à sa recherche avec une lanterne. Le vent venait de la côte. J'ai aperçu un fanal sur le canal, l'ombre d'un bateau. J'ai entendu des voix. J'ai crié et on m'a répondu. Des hommes ramenaient mon père sur qui ils avaient buté en sortant du cabaret.

» J'ai demandé, en touchant du froid au fond de la plate :

» — Il est passé ?

» Alors, ils se sont regardés en ricanant.

» — Faut pas qu'il soit passé, a dit l'un d'eux.

» — Il est tout froid.

» — Froid ou pas froid, cela le regarde, mais, pour nous, il n'est pas mort tant qu'on n'a pas franchi la limite. Il trépassera dans son village, garçon, pas dans le nôtre. On n'a pas envie, chez nous, de payer les funérailles à des gueux étrangers.

» Seulement, quand ils ont voulu le débarquer chez nous, ceux du pays se sont fâchés.

» — Ramenez-le où il est mort.

» — Qui est-ce qui dit qu'il est mort ? Est-ce que seulement le docteur l'a vu ?

C'était sa fameuse voix. C'était son accent qui n'était l'accent de nulle part et qui lui appartenait en propre. Jamais, à la scène, les mots n'étaient venus aussi lourds, d'aussi profond, avec une telle simplicité et une telle sécheresse.

— C'est cette nuit-là que je suis parti. Je ne sais pas ce qu'ils en ont fait.

— A quatorze ans ?

— J'avais, dans ma poche, les cinq sous que Nicou m'avait donnés pour caresser ma sœur.

Il eut un scrupule, car ce n'était pas tout à fait vrai, mais il aurait fallu donner trop d'explications et le fait aurait perdu de sa force.

Gaston Nicou, à peu près du même âge que lui, avait une sœur, Adrienne, âgée de quinze ans, au visage nigaud et au gros corps tout gercé.

— Donne-moi cinq sous, lui avait dit une fois Nicou, et je te laisse jouer avec ma sœur. Pour dix sous, je te permets de la saillir, mais je sais que tu n'auras jamais les dix sous !

Maugin les avait volés, non pas une fois, mais plusieurs. Il prenait la fille, sous les yeux indifférents de son camarade qui faisait tinter les pièces dans sa poche.

L'idée ne lui était pas venue que sa sœur aînée, Hortense, était du même âge qu'Adrienne et qu'il aurait pu en tirer profit. C'est seulement quand il l'avait trouvée, troussée jusqu'au ventre, avec Nicou, que le sens de la justice lui avait fait réclamer de l'argent.

— Cinq sous pas plus, avait accepté son camarade. Avec elle, il n'y a pas moyen d'aller jusqu'au bout. Je ne sais pas ce qu'elle a qui empêche.

La sueur lui coulait sur la peau. Le visage du docteur, dans son auréole, devenait plus net, comme sur le verre dépoli d'un appareil photographique qu'on met au point, une main blanche déclenchait un déclic et, soudain, ils recevaient tous deux la lumière crue à la figure.

— Nous pouvons retourner à côté.

Biguet tenait une feuille épaisse, transparente, marquée de gros traits de crayon bleu. Evitait-il, exprès, de regarder Maugin ou n'était-il plus curieux de son aspect extérieur, après l'examen qu'il venait d'effectuer ?

Il le laissait se rhabiller, s'installait à son bureau, sous la lampe, cherchait une règle, traçait de nouveaux traits.

— Mauvais ?

Il leva enfin la tête vers l'acteur qui se tenait debout devant lui, monumental, tel que tout le monde le connaissait, avec sa face large, ses traits d'empereur romain, ses gros yeux qui semblaient laisser tomber par lassitude un regard immobile, sa moue enfin, qui n'était qu'à lui et qui évoquait à la fois un dogue hargneux et un enfant déconfit.

— Votre cœur n'a pas de lésion.

Ça, c'était le bon. Ensuite ? Le mauvais ?

— L'aorte, bien qu'un peu grosse, garde suffisamment de souplesse.

— Donc pas d'angine de poitrine.

— Pas pour le moment. L'électrocardiogramme le confirmera.

Cette fois, il dit à voix haute, sans prendre la peine de feindre le détachement :

— Vous avez cinquante-neuf ans, Maugin. C'est ce que vous m'avez déclaré tout à l'heure. Moi, c'est un cœur de soixante-quinze ans que j'avais sous les yeux.

Cela ne fit pas de bruit. Ce ne fut qu'une bulle dans la gorge de Maugin, qui ne bougea pas, ne tressaillit pas, resta exactement le même.

— J'ai compris.

— Remarquez qu'un homme de soixante-quinze ans a encore du temps devant lui, parfois beaucoup de temps.

— Je sais. On voit de loin en loin la photographie d'un centenaire dans le journal.

Biguet le regardait gravement, sans fausse commisération.

— Autrement dit, je peux vivre, à condition d'être prudent.

— Oui.

— De ne me livrer à aucun excès.

— De ne pas vivre à une vitesse accélérée.

— De prendre des précautions.

— Quelques-unes.

— C'est le régime que vous m'ordonnez ? Pas de femmes, pas de tabac, pas d'alcool. Et, je suppose, pas trop de travail non plus, ni d'émotions ?

22

— Je ne vous prescris aucun régime. Voici le contour de votre cœur. Cette poche, c'est le ventricule gauche, et vous le voyez, ici, en rouge, tel qu'il devrait être à votre âge. Vous êtes un homme étonnant, Maugin.

— Pas de pilules, pas de drogues ?

Les rideaux, aux fenêtres, étaient probablement épais, car ils ne laissaient rien percer de la vie du dehors et on ne devinait même pas que Paris grouillait au-delà.

— Vous avez cinq films à faire, m'avez-vous dit. Et la pièce à jouer jusqu'au 15 mars. Qu'est-ce que vous pouvez changer à votre genre de vie ?

— Rien !

— De mon côté, ce qui est de mon pouvoir est de vous éviter la douleur ou le désagrément des spasmes.

Il griffonnait une formule sur un bloc, arrachait le feuillet et le lui tendait.

— Vous ne croyez pas que vous avez suffisamment pris votre revanche ?

Il avait compris. Il en avait eu une à prendre aussi, mais probablement avait-il considéré qu'il était quitte le jour où, à vingt-huit ans, il était devenu le plus jeune agrégé en médecine.

Que leur restait-il à se dire ? Aucun des deux ne voulait regarder sa montre. Maugin ne pouvait pas demander au professeur combien il lui devait. Le dîner, lui, attendait au-delà des portes lourdes et bien huilées, et peut-être la cuisinière s'impatientait-elle devant un rôti qui serait trop cuit ?

— Un homme de soixante-quinze ans n'est pas nécessairement un homme fini.

Il valait mieux s'en aller. Ils allaient se trouver

obligés, l'un comme l'autre, de prononcer des phrases banales.

— Je vous remercie, Biguet.

C'était la première fois qu'il l'appelait ainsi et c'était plus difficile que, pour son interlocuteur, de l'appeler Maugin, peut-être parce qu'on était habitué à voir le nom de l'acteur, sans le monsieur, dans les journaux et sur les affiches.

Une poignée de main sans insistance, presque sèche, par pudeur, par décence.

— N'hésitez jamais à me téléphoner.

Il ne lui proposait pas non plus de le rencontrer sur un autre plan, de l'avoir à dîner, par exemple. C'était très bien.

Alors qu'ils se tenaient tous les deux dans l'encadrement de la porte, il se contenta de lui frapper l'épaule en prononçant :

— Vous êtes un grand bougre, Maugin !

Il ne s'attarda pas pour voir la pesante silhouette se diriger vers l'ascenseur, appuyer sur le bouton d'appel, aussi solitaire, soudain, dans ce corridor d'un immeuble du boulevard Haussmann que dans le désert oppressant des espaces planétaires.

Une main moite, un peu plus tard, appuyait sur le bec-de-cane du bistrot de la rue de Courcelles et le patron, à son bar, s'efforçant de ne pas paraître surpris, disait trop vite :

— Un coup de rouge, monsieur Maugin ?

Il gardait la bouteille après l'avoir servi, comme s'il connaissait ses habitudes, alors que l'acteur était entré chez lui ce jour-là pour la première fois, et Maugin regardait fixement cette bouteille.

Il n'avait pas remarqué si la pluie avait cessé ou non, mais le drap de son manteau était couvert de gouttelettes. Il n'avait pas eu le temps de dîner. Il n'en aurait plus le temps. Les premiers spectateurs devaient commencer à chercher leur place dans les travées encore vides du théâtre où leurs voix résonnaient.

— La même chose ?

Il leva les yeux vers l'homme au visage couperosé, bleuâtre, un paysan aussi, qui avait dû venir à Paris comme cocher ou comme domestique.

On lisait dans son regard une sorte de familiarité complice. Il était laid. Son expression était ignoble. On le sentait tout fier d'être là, d'être lui, la bouteille à la main, à verser à boire au grand Maugin qui avait les prunelles troubles.

— Hein ! s'écrierait-il tout à l'heure, la porte à peine refermée. Vous l'avez vu ! C'est lui, mais oui. Il est comme ça. C'est tous les soirs pareil. Les gens, dans la salle, ne s'en aperçoivent pas. Il paraît qu'il ne peut pas jouer autrement.

Maugin serra son poing posé sur le zinc du comptoir ; le serra si fort que les jointures devinrent livides, car cette main-là était tentée d'arracher la bouteille des mains du bonhomme et de la lui écraser sur la tête.

Cela lui était arrivé, une fois. La police avait été embarrassée. Le petit Jouve, son secrétaire, avait couru les salles de rédaction afin d'éviter que l'incident s'ébruitât.

Le marchand de vin se demandait pourquoi il restait ainsi immobile, à fixer le vague, à respirer fort, et il poussa un soupir de soulagement en le voyant vider son verre d'un trait, son second verre, puis le tendre à nouveau.

— C'est bon ?

Même cette question, accompagnée d'un sourire visqueux, qu'on ne lui épargnait pas !

Il but le troisième verre en fermant les yeux. Il en but un quatrième et, alors seulement, se redressa de toute sa taille, bomba le torse, gonfla ses joues, redevint tel qu'on était habitué à le voir.

Il contempla autour de lui les visages qui flottaient dans le brouillard et il avait sa moue aux lèvres, sa fameuse moue à la fois féroce et piteuse qui finit par produire son effet, qui les fit rire comme elle faisait rire les salles, d'un rire nerveux de gens qui ont eu un peu peur.

Il n'oublia rien de la légende, pas même son avarice, et, comme pour leur faire plaisir, pour leur donner bonne mesure, tira la monnaie de sa poche pièce à pièce, la comptant et ne s'en séparant que comme à regret.

La petite goutte trouble qui tremblait à ses cils quand, tout à l'heure, il avait redressé la tête, avait eu le temps de sécher et personne ne l'avait vue.

Il tonnait, comme en scène, à la cantonade :

— Taxi !

Et un chauffeur, qui buvait du calvados dans un coin, saisit sa casquette et se leva précipitamment.

— A votre service, monsieur Maugin.

Il pleuvait toujours. Il était tout seul, dans le noir, au fond du taxi, et les vitres déformaient les lumières, en faisaient des traits aigus qui s'entrecroisaient, des flèches, parfois des gerbes d'étoiles.

Sur toutes les colonnes Morris, il pouvait voir les grosses lettres noires des affiches détrempées : « Maugin »... « Maugin »... Et encore « Maugin » à la suivante. « Maugin », en plus gros, sur une palissade.

Enfin « Maugin », en lettres lumineuses, sur la marquise du théâtre.

— Votre courrier, monsieur Maugin... disait le concierge, à l'entrée des artistes.

— Bonsoir, monsieur Maugin... s'empressait le régisseur.

Les gamines, qui jouaient les dactylos dans le troisième tableau, s'écartaient et le suivaient des yeux.

— Bonsoir, monsieur Maugin...

Le jeune Béhar, aux longs cheveux, qui sortait du Conservatoire, et que ses trois répliques faisaient trembler chaque fois qu'il entrait en scène, saluait avec émotion.

— Bonsoir, monsieur Maugin...

Maria, son habilleuse, petite, grosse comme une toupie, ne lui disait pas bonsoir, affectait de ne pas le regarder, continuait à ranger dans la loge, ne consentait à jeter les yeux sur lui que par le truchement du miroir alors qu'il s'installait à sa table de maquillage.

— Vous êtes beau, oui. Où êtes-vous encore allé traîner ?

Ils avaient le même âge et passaient leur temps à se chamailler comme des écoliers. De temps en temps, il la flanquait à la porte, embauchait une autre habilleuse, tenait bon trois ou quatre jours et, quand il avait fini de bouder, envoyait Jouve chez Maria avec mission de la ramener coûte que coûte.

— M. Cadot est passé il y a quelques instants. Il ne pouvait pas attendre, parce que sa femme est malade. Il paraît que, cette fois-ci, c'est grave. Il essaiera de venir vous voir à la fin de la soirée.

Les doigts enduits de blanc gras, il massait lentement son visage, et ses yeux fixaient ses yeux dans la glace.

2

Trois fois, quatre fois, il salua, bougon, pressé d'en finir avec une corvée, et le public, qui aurait été dérouté de le voir sourire, trépignait de plus belle. Comme chaque soir, il alla chercher Lydia Nerval, et son geste pour reporter sur elle une partie des applaudissements était une parodie presque cynique du geste consacré.

A quoi bon feindre ? Les spectateurs étaient-ils là pour elle ou pour lui ? C'était un bout de femme quelconque, agaçante à force de remuer de l'air, de percher haut sa voix, de croire que c'était arrivé. Elle lui avait fait du charme, au début. Une fois qu'elle l'avait attiré dans sa loge, elle lui avait posé carrément la question :

— Alors, non ?

Et comme il prenait son air balourd, ce qu'on appelait son air d'éléphant :

— Je te déplais, Emile ?

Il s'était mis à tripoter le bout de sein ainsi qu'il l'aurait fait d'un gland de rideau.

— Tu as la chair molle, petite !

Depuis cet incident, elle ne lui adressait plus la parole qu'en scène et, le rideau baissé, ils s'ignoraient.

— Quelqu'un vous attend devant votre loge, monsieur Emile !

C'était après le deuxième acte, qui se passait au bagne. Il portait l'uniforme rayé, et une perruque à cheveux ras faisait ressortir ses traits comme taillés dans un bois trop dur.

— On n'a pas pris le temps de fignoler ! avait dit un loustic.

— Quelqu'un pour vous, monsieur Emile !

— Je sais, petit.

C'était tous les jours la même rengaine. Des gens tambourinaient déjà à la porte de fer qui communiquait avec la salle, et quelqu'un finirait par l'ouvrir. Ils avaient tous une carte de visite impressionnante, étaient quelque chose d'important en province ou à l'étranger, car la plupart des Parisiens avaient défilé depuis longtemps.

Il descendit l'escalier tournant, reconnut Cadot qui l'attendait avec anxiété à la porte de sa loge et qui ouvrit la bouche en le voyant approcher. Il l'arrêta à la fois du geste et de la voix.

— Tout à l'heure !

Il entra, referma la porte à clef derrière lui, dit, sans chercher Maria des yeux, sachant qu'elle était là :

— La bouteille !

Aussi peu aimable que lui, elle alla prendre le cognac dans le placard, le lui tendit d'un air dégoûté. Il n'avait pas besoin de verre, et elle le savait. Il ne se gênait plus pour elle, semblait, au contraire, le faire exprès de boire au goulot d'une façon ignoble, presque obscène, pour lui donner un haut-le-cœur et l'entendre grommeler entre ses dents :

— Si ce n'est pas malheureux de voir ça !

Ce soir-là, elle ajouta :

— Mon mari en est mort, mais lui, au moins, avait l'excuse de travailler toute la journée à la Halle aux Vins.

Au début, et pendant plusieurs mois, il s'était ingénié à lui cacher le flacon, dont il avait besoin dès le second entracte, parfois déjà au premier. Il l'avait placé successivement dans tous les coins non seulement de la loge, mais du sous-sol, dans les poches de ses vêtements de ville et de scène, sous le linge des tiroirs, dans la corbeille à papier et même sur l'appui extérieur de la lucarne qui donnait sur une impasse, et il attendait pour boire d'être derrière le rideau qui divisait la loge en deux, évitant le bruit du bouchon, les glouglous.

Bientôt, il avait retrouvé la bouteille, chaque soir, placée en évidence sur sa table de maquillage. Il avait fait semblant de ne pas s'en apercevoir, et Maria s'était décidée la première à en parler.

— Vous allez jouer longtemps à cache-cache comme un gamin ? Nous avons l'air fin, tous les deux !

On avait déjà frappé plusieurs fois à la porte, discrètement. Quelqu'un essaya de l'ouvrir. Il avala une dernière lampée et tendit la bouteille sans rien dire, dans le vide. Maria savait ce que cela signifiait et la cacha pendant qu'il passait un peignoir maculé de fards.

— Ouvre !

Ils n'étaient que quatre ou cinq, dont deux en smoking, et une femme en robe du soir. Sans les regarder, Maugin retirait sa perruque et procédait à un nouveau maquillage, hochant mécaniquement la tête aux compliments habituels.

Cadot était toujours là, dans l'étroit couloir, à

attendre que les visiteurs s'en allassent, et Maugin lui lançait par instants un coup d'œil curieux.

A cent reprises, il avait tenté de dire, à ces gens qui envahissaient la loge avec des mines de visiteurs dans un musée :

« Messieurs-dames, vous m'emmerdez ! Je viens de jouer deux actes et j'en ai un troisième, particulièrement dur, à jouer. Lorsque vous vous déciderez enfin à me foutre la paix, j'aurai tout juste le temps de passer la jaquette dans laquelle vous me verrez ensuite et Maria m'étranglera une fois de plus en nouant ma cravate. »

Il pensait, avec l'air de les écouter, des tas de choses de ce genre-là :

« Vous avez bien dîné ? Tant mieux ! Moi pas. Je n'ai pas dîné du tout. Je suis allé voir Biguet. Le fameux Biguet, oui, le professeur. Vous connaissez de nom, n'est-ce pas ? Un homme célèbre aussi, en effet. Mais, lui, on ne va pas le regarder sous le nez pour voir comment il est fait à la ville, ni lui demander des autographes. On lui demande, à lui, des cardiogrammes. Oui, môssieu ! Des *car-di-o-grammes* ! Avec une belle poche flasque en guise de ventricule gauche ! »

Cadot se hissait sur la pointe des pieds, pour voir par-dessus les épaules, nerveux, impatient, et il avait la tête d'enfant de chœur la plus réussie que Maugin eût jamais rencontrée !

« T'énerve pas, mon garçon ! Ton tour viendra et on te dessinera des choses sur la poitrine, au crayon bleu ! »

Un mois plus tôt, alors que le même Cadot sortait de sa loge, Maugin avait demandé à Maria, avec un sérieux qui l'avait frappée :

— Vous avez déjà contemplé une plus parfaite tête de con ?

— Je le trouve gentil, bien élevé, sans doute trop bien élevé pour vous. C'est cela qui vous chiffonne ?

Il avait failli lui lâcher le paquet. Mais à quoi bon ?

Quelqu'un s'en allait avec force salutations et il hochait la tête, prononçait en y mettant la componction mécanique d'un mendiant qui reçoit la charité :

— Merci, monsieur. Merci, madame.

Puis il leur montrait un sourire figé. Tiens ! En jetant un coup d'œil sur la carte posée devant lui, il apprenait que c'était le maire d'une capitale étrangère qui venait de sortir de la sorte. Et les autres ? Toujours le même flan !

— Merci, monsieur. Merci, monsieur.

Il se retenait de dire :

« Mon bon monsieur ! »

Il avait hâte de boire un coup, et il fit fermer la porte au nez de Cadot.

— Bouteille !

— Qu'est-ce que vous avez, ce soir ?

— Ce soir, ma bonne Maria, j'ai soixante-quinze ans !

— Cela ne va décidément pas mieux.

— Non. Cela ne va pas mieux. A présent, aide-moi à me mettre à poil.

Il choisissait exprès les mots qui la choquaient. On frappait timidement.

— Vous ne voulez pas que je le fasse entrer ?

— Pour qu'il me parle de sa femme malade ? Si encore il faisait un effort pour se rendre intéressant en inventant de nouvelles histoires. C'est la

quantième fois qu'il nous sort la femme malade ?
Cinquième ? Sixième ?

— Ce n'est pas sa faute. Tout le monde n'a pas
la chance d'être bâti à chaux et à sable.

— C'est vrai ça ! Passe-moi la bouteille.

— D'ailleurs, la dernière fois, elle n'était pas
malade. Elle était sur le point d'accoucher.

— Pour la cinquième fois en six ans !

— Vous voudriez aussi avoir le monopole de
faire des enfants ?

Alors, soudain, il devint rouge, se fâcha pour de
bon, et elle recula effrayée.

— Je ne prétends à aucun monopole, vous enten-
dez ? Quant aux enfants, cela ne regarde que moi !
Moi ! *Moi !* Et si vous voulez le savoir, *madame*
Pinchard...

Il se tut, la regarda en coin, se regarda de la
même façon dans le miroir :

— Ma cravate !

— Vous disiez ?

— Je ne disais rien. Passe-moi la bouteille.

— Si vous tenez absolument à vous faire mal...

— C'est déjà fait ! Merci quand même !

Il en avait bu quatre fois autant que les autres
soirs et il avait le souffle court, les yeux brillants.
Il entendait frapper les trois coups, mais il n'entrait
en scène que plusieurs minutes après le lever du
rideau. Ce qui l'exaspérait, c'était cette sorte de
grattement humble à sa porte.

Les yeux de Maria questionnaient :

— J'ouvre ?

Et ce n'était peut-être qu'à cause d'elle qu'il ne
prononçait pas le mot, qu'il s'obstinait, l'œil

méchant, tout en brossant son huit-reflets d'un revers de manche.

Le troisième acte était commencé. L'éclat de rire de la salle leur parvenait par vagues. C'était le seul rire de toute la pièce qu'il ne provoquait pas, et cela le faisait toujours grimacer.

— Cela va être à vous.

— Vous allez peut-être me souffler mes répliques ?

— Dans l'état où vous êtes, ce ne serait pas superflu.

Il ouvrit la porte brutalement, et Cadot, qui y était appuyé, faillit s'abattre tête première sur le plancher.

— Tu écoutais ?

— Je vous jure, monsieur Maugin...

— Tu jureras plus tard. Laisse-moi passer.

Deux fois, dans le couloir, il se retourna pour le regarder et, quand il entra en scène, la canne à la main, l'œillet à la boutonnière, il grommelait encore :

— Tête de con !

Le public, de confiance, éclatait en applaudissements.

— Il a passé tout le temps dans le couloir ? Avoue que tu l'as fait entrer.

— Je n'ai pas eu à me donner cette peine, car, plutôt que de perdre son temps ici, il a couru à l'hôpital.

— Quel hôpital ?

— Je n'en sais rien.

Un instant, il imagina Cadot, courant sous la

pluie dans les rues sombres, se faufilant, essoufflé, entre les voitures.

Puis, en pensée, il situa les divers hôpitaux dans l'espace.

— Il n'a pas eu le temps d'aller jusqu'au plus proche hôpital et d'en revenir. Ou, alors, il a pris un taxi.

— Il n'a pas pris de taxi.

— Peut-être bien.

Parce que ce n'était pas un homme à prendre un taxi, parce qu'il n'y penserait même pas, parce que ces gens-là attendraient plutôt un autobus pendant une demi-heure sous un réverbère.

— Peut-être me suis-je trompée et m'a-t-il dit qu'il allait téléphoner à l'hôpital.

On trichait toujours. On essayait toujours de le mettre dedans.

— Fais-le entrer.

Elle se dépêcha d'ouvrir la porte avant qu'il change d'avis.

— Je vous demande pardon d'avoir insisté, monsieur Maugin...

— Je sais. Assieds-toi.

Maugin le regarda s'asseoir du bout des fesses sur le bord de la chaise, haussa les épaules, se frictionna le visage d'une serviette-éponge.

— Viviane...

— Tout à l'heure.

— C'est que...

— J'ai dit : tout à l'heure ! Tu es pressé, n'est-ce pas ? Tout le monde est pressé. Maria aussi est pressée de rentrer chez elle, pour donner à manger à ses chats. Mais moi, moi, que je sois pressé ou non, on s'en moque !

— Je vous demande pardon, monsieur Maugin.

Maugin se retenait de lui donner des claques. Il en était encore, après des années, à se demander si c'était un vicieux ou un authentique imbécile.

— Tu as vu ta mère ?

Pourquoi cette question faisait-elle rougir le gamin ?

— Elle est à l'hôpital, près de ta femme ?

— Non, monsieur Maugin.

— Tu ne peux pas dire autre chose que monsieur Maugin ?

— Pardon monsieur.

— Qu'est-ce qu'elle raconte, ta mère ?

— Elle ne raconte rien. Elle n'est pas bien non plus. Ce sont ses varices.

— Elle ne t'a chargé d'aucune commission pour moi ?

— Non, monsieur. C'est-à-dire...

— Parle !

— Vous êtes de mauvaise humeur, ce soir, et je crains...

— Dis donc, petit ! Est-ce que tu es venu ici, dans *ma* loge, pour juger de *mon* humeur ?

— Ce n'est pas ce que j'ai voulu dire. Je me suis mal exprimé.

Maugin était sûr que, derrière son dos, Maria adressait au jeune homme des signes d'encouragement.

— Alors, ta mère ?

— Elle m'a chargé de vous dire que, pour l'amour de Dieu...

— Qu'elle commence par lui ficher la paix, au bon Dieu ! Il en a probablement assez, lui aussi, qu'on le mette à toutes les sauces. Continue.

— C'est vraiment grave, cette fois, monsieur Maugin.

— Qu'est-ce qui est grave ?

— Viviane. Le docteur prétend qu'il faudra probablement lui enlever les ovaires et...

— Suffit ! J'ai horreur qu'on parle de ces cochonneries-là.

C'était vrai. D'ailleurs, il ne jouait pas un rôle. Il n'en jouait jamais tout à fait, même à la scène, même à l'écran. De sa vie, il n'avait pu entendre parler sans une rétraction des nerfs de certaines opérations, de certains organes, surtout féminins.

Les questions d'accouchement l'écœuraient dans le strict sens du mot, et Cadot en avait d'habitude plein la bouche, insistait comme à plaisir.

Un soir, Maugin avait dit à Maria :

— Tu ne trouves pas qu'il sent le caca de bébé ?

— Votre enfant, qu'est-ce qu'il sent ?

Il s'était renfrogné sans insister.

— Mon chapeau !

— N'oubliez pas qu'après-demain, il y a matinée.

Cela voulait dire qu'on était jeudi, qu'une semaine de plus était presque finie.

— Suis-moi, toi !

Il était un des derniers à quitter le théâtre, car il restait en scène jusqu'au baisser du rideau et mettait du temps à se démaquiller et à se changer. Son pardessus était encore humide, l'impasse, qui aboutissait à la loge du concierge, pleine de flaques d'eau dans lesquelles Cadot pataugeait bravement pour marcher à sa hauteur.

— Tu ne t'es jamais posé une question, petit ?

— Quelle question ?

Maugin frissonna, frappé par le courant d'air de la rue, avisa un café à comptoir, juste en face.

— Entrons ici.

— C'est que...

— Je sais. Tu es pressé. Moi aussi. Et bien plus que tu ne peux l'imaginer !

Le jour, c'était Adrien Jouve, son secrétaire (qu'il n'appelait, par ironie, que môssieu Jouve), qui lui servait de souffre-douleur. Lui aussi était un garçon bien élevé, toujours frémissant de zèle.

« Vous êtes un crétin, môssieu Jouve ! »

Peut-être qu'un Biguet comprendrait ça. Ils étaient trop polis, trop bien astiqués. Ils croyaient ou faisaient semblant de croire tout ce qu'on voulait leur mettre dans la tête. Des enfants de chœur, c'était le mot qui convenait. Ils étaient contents d'eux par-dessus le marché, sûrs de suivre le droit chemin, comme dans la procession, d'être des modèles d'hommes à coller sur les images.

Celui-ci, à trente-trois ans, était employé au Crédit Lyonnais, dans une agence qu'on semblait avoir ouverte exprès pour lui, au fond du quartier Popincourt, en face du Père-Lachaise.

Il avait déniché Viviane, Dieu sait où, une petite mal portante, avec un œil légèrement de travers, qui lui pondait un enfant chaque année et avalait plus de médicaments que de viande rouge.

— Combien d'enfants as-tu au juste ?

— Cinq, monsieur.

— Deux vins rouges, garçon !

— Merci. Pas pour moi.

— J'ai dit deux vins rouges. Dans de grands verres.

Il buvait du cognac au théâtre, parce que cela

produit le même effet sous un volume réduit. Il se sentait mieux, après le contact râpeux du vin sur sa langue, dans sa gorge.

— Bois !

Etait-ce vraiment de la méchanceté ? Si Cadot ne savait pas, peut-être.

Mais, s'il savait, c'était Cadot qui était une petite crapule.

Maugin n'avait jamais osé lui poser la question. D'ailleurs, cela ne servirait à rien, car l'autre ne manquerait pas de mentir. Il lui avait déjà menti (des petits mensonges honteux pour des petites sommes).

Il y avait eu, pendant tout un temps, le pavillon de Bécon-les-Bruyères, « qui allait permettre au ménage de réaliser des économies et de se libérer de ses dettes ».

— Si seulement je pouvais verser une certaine somme d'un seul coup !

Les réparations, ensuite. Le toit. La plomberie défectueuse. La nécessité de paver la cour où l'eau qui stagnait devenait un danger pour la santé de Viviane et des enfants.

Puis, tout à coup, Cadot annonçait qu'il venait de vendre le pavillon « pour payer les frais, beaucoup plus impérieux, d'hôpital ».

Derrière tout ça se profilait, noire et menue comme une chaisière d'église pauvre, avec son pas feutré qui faisait toujours croire qu'elle était en chaussons, Juliette Cadot et son odeur de jupons dont elle imprégnait le logement de la rue Caulaincourt.

Sans un hasard, elle serait peut-être, elle serait probablement devenue Mme Maugin, et le crétin qui s'efforçait de boire son verre de vin sans tousser s'appellerait Maugin, au lieu de Cadot.

C'était son fils. Vraisemblablement. Plus que vraisemblablement, car ils avaient l'un et l'autre une forme de nez qu'on ne rencontre pas tous les jours dans la rue, avec la différence que, chez le garçon, ce nez-là était collé sur la face inconsistante de sa mère.

Pouvait-il expliquer à Maria que cela lui faisait mal jusqu'aux tripes de regarder l'inévitable Cadot ? Rien ne décourageait celui-ci. Un soir que Maugin l'avait flanqué à la porte de sa loge, il l'avait retrouvé une heure plus tard sur son seuil de l'avenue George-V.

Il tenait de sa mère. Ils appartenaient tous les deux à la race des gens à qui on se fatigue de donner des coups de pied au derrière, parce qu'ils ne réagissent pas.

— Dans une heure, monsieur Maugin...

Il était minuit. Le café était lugubre, avec les grosses gouttes d'eau qui formaient une frange, dehors, en tombant du vélum, du mouillé dans la sciure du plancher, et quelques consommateurs abrutis qu'une lumière trop crue rendait blafards.

Dans une heure, quoi ? On allait opérer Viviane ? Ne pas l'opérer ? Il aurait pu, pour couper court, demander :

« Combien ? »

Car en fin de compte, cela se traduisait en chiffres. Payer ou ne pas payer. Il payait une fois sur deux, ou sur trois. Les fois qu'il ne payait pas, il en avait pour plusieurs jours à ne pouvoir décrocher son téléphone sans entendre la voix de Juliette.

Elle l'avait poursuivi jusqu'au studio, très

« veuve pauvre, mais digne » dans ses vêtements noirs. Devant les gens, elle baissait les yeux et l'appelait M. Maugin. Puis, quand ils étaient seuls, elle voilait son regard de larmes comme il ne l'avait jamais vu réussir au théâtre, posait une main sèche sur son bras et murmurait en le contemplant à travers le liquide :

— Emile !

Elle avait tout raconté au gamin, ce n'était pas possible autrement. Elle avait eu soin de lui donner le prénom d'Emile !

— Saleté !

— Vous dites ?

— Rien. Je dis : saleté !

— Vous ne voulez pas m'écouter ? Si vous croyez que je mens, accompagnez-moi à l'hôpital. Vous pourrez la voir, parler au médecin. Il vous dira...

Lui aussi avait les larmes aux yeux tandis qu'il regardait avec angoisse l'horloge au-dessus du bar. Si c'était joué, c'était bien joué. On sentait l'impatience monter, le gagner jusqu'aux moelles, mollir ses jambes, agiter ses genoux.

— Deux autres du même, garçon !

— Je vous en supplie !

Maugin croyait entendre la voix de Juliette expliquant au gamin :

— Cet homme-là, vois-tu, c'est ton père. Il n'a pas toujours été riche et célèbre. Il fut un temps où, faute d'un toit, il se glissait chaque soir dans ma chambre comme un voleur.

Pendant huit jours exactement. C'était vrai.

— J'étais jeune, naïve et pure...

Elle était vierge, c'était également vrai, et son corps avait déjà un goût de vieille fille ou de veuve.

Il l'avait rencontrée sur l'impériale de l'omnibus, à l'époque où il y avait encore des omnibus à Paris, et il portait un complet à carreaux, des souliers jaunes très pointus et un canotier à fond plat. Peut-être avait-elle conservé la photo qu'on avait prise d'eux à la foire de Montmartre ?

Il passait un tour de chant dans un café-concert du boulevard Rochechouart où on le payait avec des demis et des sandwiches. Quant à elle, elle travaillait chez une couturière, rue Notre-Dame-de-Lorette, et partageait sa chambre avec une amie.

— Flanque ton amie à la porte !

Il était deux fois grand et large comme elle, et, dans la rue, elle se suspendait à son bras avec des airs tendres qui imitaient les cartes postales d'alors.

Il se souvenait fort bien de la chambre, dans une espèce de pension de famille où il lui fallait entrer sans être vu et où, lorsqu'il n'était pas sorti avant six heures du matin, il était obligé de passer la journée sans faire de bruit.

Par chance, un imprésario racolait pour une tournée dans les Balkans, le genre de tournées qu'on laisse en panne après quelques semaines ou quelques mois en emportant la caisse. Il était parti sans rien dire, économisant les adieux et les larmes.

Lorsqu'il était revenu, deux ans plus tard, son nom, sur les affiches — en petites lettres, tout en bas —, avait été Alain de Breuille.

Il avait fallu du temps — et de l'estomac, et du souffle — pour devenir Emile Maugin d'abord, enfin Maugin tout court, du temps aussi pour trouver, à la porte de sa loge, dans un théâtre du quartier des Ternes, une petite dame de quarante ans qui portait le deuil.

Il en avait quarante-trois, et la tête d'affiche.

— Vous ne me remettez pas, monsieur Maugin ?

Il ne la « remettait » pas du tout et était tout disposé à lui signer son programme.

— Juliette ! prononçait-elle alors avec un sourire ému.

— Eh bien ! oui, Juliette. Après ? je vous écoute, madame.

— La rue Notre-Dame-de-Lorette !

— Oui...

— La pension de Mme Vacher !

Il avait retenu à temps un « merde » qui lui montait aux lèvres, car ce nom-là l'éclairait enfin.

— N'ayez pas peur, monsieur Maugin. Ce n'est pas pour moi que je suis venue. J'ai beaucoup souffert, mais je devine ce que doit être la vie d'un artiste.

Elle avait tellement souffert dans son grand amour déçu que, deux ans après son départ, elle avait épousé un certain Cadot, qui avait une bonne place dans l'administration, avec une pension à la clef.

— C'était pour le petit, vous comprenez ? Cadot a été très bien. Il a tout de suite offert de le reconnaître et de lui donner son nom.

Elle parlait de l'enfant comme d'un bébé, et c'était déjà un garçon de dix-huit ans qui « venait de débuter dans une banque et dont les chefs se montraient fort satisfaits ».

— Je voudrais tant que vous le voyiez ! C'est votre portrait vivant !

Et lui, l'original, est-ce qu'il était mort ?

Le lendemain, elle se tenait avec le jeune homme au premier rang et venait le lui présenter à l'entracte. Cadot était mort, laissant la fameuse pension à sa femme.

— M. Maugin est un ami d'enfance, Emile. N'est-ce pas, monsieur Maugin ? Ne t'étonne pas s'il m'arrive d'oublier le chemin qu'il a parcouru et de l'appeler Emile. Il m'a connue toute petite.

La garce !

— Je suis sûre qu'il s'intéressera à toi et qu'il fera son possible pour t'aider dans la vie.

Et le nigaud de réciter :

— Je vous en suis d'avance reconnaissant, monsieur Maugin, et je m'appliquerai, de mon côté, à mériter une telle faveur.

Il lui avait acheté une montre pour commencer, parce qu'il « avait tellement peur d'être en retard à son bureau qu'il n'en prenait plus le temps de manger ».

Hein ! Depuis, il avait fait des petits. Il allait continuer à en fabriquer si, tout à l'heure, le médecin ne se décidait pas à enlever les ovaires de Viviane.

Ce qu'ils devaient rigoler, tous les deux, la mère et le fils, quand ils se retrouvaient face à face dans la punaiserie de la rue Caulaincourt, portes fermées, rideaux tirés ! Car ils tiraient sûrement les rideaux, par crainte que les gens d'en face les voient rire comme des bossus ! En public, ces êtres-là, ça ne rit pas. Au mieux, cela épingle un sourire morose.

N'est-ce pas, monsieur mon fils ?

— Bois !

— Je...

Il lui fourrait presque le verre dans la main, l'hypnotisait du regard.

— Garçon !

— De grâce !

— Garçon ! La même chose !

Il avait ses gros yeux et il le savait bien, car il les voyait dans la glace. Il savait aussi qu'il allait devenir méchant, parce qu'il avait mal, parce qu'il avait eu mal toute la soirée. Pas à son cœur. Pas dans sa poitrine. Et pourtant cela faisait mal dans sa chair aussi, partout, au plus profond de lui.

Qu'est-ce qu'ils diraient, tous, toutes ces larves qui attendaient Dieu sait quoi en sirotant leur consommation et en regardant dans le vide, qu'est-ce qu'ils diraient s'il s'asseyait par terre, ici, dans la sciure, ou dans la pluie au bord du trottoir, en poussant le grand cri de lassitude qu'il retenait depuis si longtemps, ou un braiment, comme un âne qu'il était ?

— Je suis fatigué. Fa-ti-gué, comprenez-vous ?

Fatigué à mourir. Fatigué d'être un homme. Fatigué de se porter. Fatigué de voir et d'entendre des Cadot et d'avoir à les charger sur ses épaules par surcroît.

Est-ce qu'ils regardaient, eux, à lui faire du mal ? Est-ce que quelqu'un avait jamais eu pitié de lui ? L'avait-on vu aller demander poliment à qui que ce soit de l'aider ?

— Ma femme est malade, mon bon monsieur !

Il avait eu des femmes, il en avait même eu trois, sans compter cette punaise de Juliette, et la dernière l'attendait dans son lit.

Cela le frappa soudain, alors qu'il fixait le miroir double derrière les bouteilles, de penser qu'il y avait quelqu'un dans son lit, quelqu'un d'étranger à lui, qui dormait, transpirait, respirait dans ses draps.

— Bois, nom de Dieu !

D'habitude, il s'arrêtait bien avant. C'est au théâtre qu'il avait, sans s'en rendre compte, avalé beaucoup plus que sa dose de cognac. Il commençait à vaciller et avait conscience que tout le monde le regardait, que tout le monde regardait avec mépris — ou avec pitié, ce qui était pis — le grand Maugin se saouler la gueule.

— Je vais te dire quelque chose, jeune homme...

— Oui, monsieur.

— Tu es une sale petite crapule et je t'emmerde ! Payez-vous garçon !

Dans la rue, il entendit des pas derrière lui et il se serait peut-être mis à courir si un taxi en maraude ne s'était pas arrêté au bon moment. Cela se passa comme dans un rêve, comme dans une scène de film minutieusement réglée. Il put, juste à temps, claquer la portière devant le visage hébété de Cadot.

— Où voulez-vous aller, monsieur Maugin ?

Le chauffeur le connaissait. Tout le monde le connaissait.

— Où il vous plaira. Ailleurs ! Nulle part !

Et, sur le moment, ces trois derniers mots lui parurent sublimes.

— Ailleurs ! Nulle part !

Il les répétait à mi-voix, les ruminait, seul dans son coin humide, comme s'ils éclairaient enfin le douloureux mystère du monde.

3

On lui touchait l'épaule. Une voix répétait pour la troisième fois, ou la quatrième, chaque fois plus insistante :

— Monsieur, il est sept heures.

Il avait entendu le déclic du commutateur électrique et il était conscient de l'obscurité du dehors, de l'hiver, de l'oasis de lumière sirupeuse et de chaleur que formait sa chambre. Il percevait l'odeur du café que Camille, debout à côté de son lit, lui tendait sur un plateau, mais refusait encore de remonter tout à fait à la surface, par peur de ce qui l'attendait, s'efforçait au contraire de nager vers les profondeurs tièdes et sombres qui sentaient sa sueur.

Ne pouvait-il pas se porter malade, appeler Biguet, par exemple, qui signerait un certificat pour le studio ? Maugin ne le ferait pas, il le savait. Il ne l'avait jamais fait. Il grognait, tirait la patte, et n'en arrivait pas moins le premier sur le plateau, où il était obligé d'attendre les petits crabes.

Il essayait d'entendre s'il pleuvait encore, puis, toujours sans ouvrir les yeux, étendait le bras dans le lit immense qu'il tâtait de la main, ne rencontrait, à la place d'Alice, qu'un vide froid. Pour s'assurer qu'il n'avait pas rêvé, il cherchait l'endroit où auraient dû se trouver les oreillers de sa femme et où il n'y avait rien.

Il n'avait pas rêvé. Et il faudrait faire face à d'autres réalités plus désagréables que celles-là, si désagréables que, de peur, il se sentait réellement malade.

— Monsieur...

Alors, sur son visage crayeux aux traits boursouflés, ce fut, instantanément, son expression maussade, hargneuse, de tous les matins.

— Il est sept heures, je le sais. Après ?

C'était sa voix aussi, plus rocailleuse que jamais. Il se savait laid, dégoûtant, avec ses cheveux rares qui collaient à sa peau moite et son haleine qui empestait. Il se redressait péniblement, s'asseyait, adossé aux oreillers, lançait un coup d'œil méfiant à Camille qui lui souriait.

Savait-elle ce qui s'était passé ? Avait-elle remarqué l'absence des deux oreillers d'Alice ? Celle-ci lui avait-elle parlé ? Peut-être, alors qu'il restait à l'abri dans le cercle lumineux de sa chambre, bien des choses avaient-elles déjà changé dans la maison ?

Il s'effraya à l'idée qu'Alice pourrait être partie avec l'enfant.

— Il pleut ?

On n'ouvrait pas les volets avant le grand jour et il n'entendait rien.

— Seulement quelques gouttes, monsieur.

Il avait couché deux fois avec elle et l'avait dit à sa femme. Alice n'était pas jalouse, n'avait pas à l'être. La première fois, il l'avait à peine fait exprès : Camille était dans la maison depuis trois ou quatre jours et il l'avait pelotée, pour voir ; elle s'était coulée dans ses bras tout de suite, les lèvres ouvertes, la langue déjà pointée. En jouissant, elle criait :

— Chéri ! Oh ! Chéri... Chéri ! Oh !...

— Vous ne buvez pas votre café ?

Il hésitait. De s'asseoir dans son lit lui donnait le mal de mer et il craignait que le café le fît vomir.

L'idée de vomissure lui rappelait quelque chose et soudain il se revit, à genoux dans la salle de bains, devant la cuvette éclaboussée. Il en avait mis partout, et sur ses vêtements. Avait-on nettoyé la salle de bains ? Qui ?

Il en voulait à Camille d'être comme tous les jours, comme si rien ne s'était passé.

— Quel complet mettrez-vous, monsieur ? Votre bain est prêt.

Il avait eu un valet de chambre, autrefois, mais cela le gênait davantage de se mettre nu devant un homme que devant une femme. Il se sentait humilié.

— Vous ne mangez pas ?

— Non. Passe-moi ma robe de chambre.

Le regard qu'il lançait aux murs, aux meubles autour de lui, était plein de ressentiment. Il n'avait jamais pu s'habituer à l'appartement dans lequel il vivait depuis près de vingt ans. C'était pourtant lui qui l'avait choisi, pour épater sa seconde femme. Sa seconde femme légitime. Consuelo. Il avait alors quarante ans et, s'il n'était pas encore la grande vedette de l'écran, il était célèbre au théâtre. Il avait bien failli, au lieu de l'avenue George-V, choisir l'avenue du Bois !

Les chambres étaient vastes, sonores ; on avait beau y entasser des meubles, des objets inutiles, elles paraissaient toujours vides. Du temps de Consuelo, qui était sud-américaine, tout était meublé en style espagnol ancien, avec des tas de pièces provenant de vieilles églises, des anges dorés, des prie-Dieu, des stalles comme celles dans lesquelles on voit les chanoines à l'office.

Il en restait, par-ci par-là. On trouvait de tout, y

compris des malles et, au milieu du salon, sur un tapis aux tons passés, un parc d'enfant qui sortait des grands magasins du Louvre.

— Mon complet bleu ! décida-t-il avant de refermer la porte de la salle de bains.

Il commença par se regarder dans la glace, ouvrit la pharmacie où il conservait un flacon de cognac. Ce n'était pas par plaisir, ni par vice, qu'il en buvait à cette heure-ci, mais parce que c'était indispensable s'il voulait se tenir debout. C'était mauvais. Cela le brûlait. Il eut plusieurs haut-le-cœur qui lui mirent les larmes aux yeux et enfin il rota, se sentit mieux, se glissa, l'instant d'après, dans la baignoire.

— Je peux entrer, monsieur ?

— Entre !

— C'est M. Adrien qui demande si vous êtes d'accord pour la scène. Il paraît que vous comprendrez ce que ça veut dire. Il doit téléphoner au studio, car ils ont besoin de savoir si on la tourne ce matin ou non.

— On la tourne.

C'était un défi. Cette histoire durait depuis huit jours et mettait tout le monde à cran, aux Buttes-Chaumont. Le film était à peu près terminé. Il restait, outre les raccords habituels, une scène à deux personnages sur laquelle on n'arrivait pas à s'entendre.

Il ne voulait pas de la scène telle qu'elle figurait au scénario et qu'on prétendait lui faire tourner.

— Je la jouerai comme je l'entends ou je ne la jouerai pas.

Seulement, quand on lui avait demandé comment

il prétendait la jouer, il n'avait rien trouvé de précis à répondre.

— Le texte ne colle pas. Il faut trouver autre chose.

— Quoi ?

— Je vous dirai ça demain.

Il y avait maintenant une semaine qu'il remettait ainsi au lendemain et que, parfois, dans un coin du studio ou dans sa loge, il essayait « sa » scène sans trouver le joint.

— Camille !

— Oui, monsieur.

— La nurse est là ?

Il savait que non, qu'elle n'arrivait qu'à huit heures, mais c'était un moyen détourné de parler de sa femme, ou plutôt d'inciter la fille à en parler.

— Non, monsieur. Pas encore.

Il ouvrit la bouche, ne posa pas la question.

— Ah bon...

Consuelo était devenue, à Bruxelles, la femme d'un gros banquier, et on la voyait souvent à Paris, où elle s'habillait, de plus en plus chargée de bijoux. Tant mieux pour elle ! Dommage, seulement, qu'elle n'eût pas emporté le bric-à-brac qu'elle lui avait fait acheter, pas même la harpe dont elle s'était toquée pendant deux semaines et qui était encore près d'une des fenêtres du salon.

— Camille.

— Oui, monsieur.

— Mon secrétaire téléphone ?

— Oui, monsieur. Il est dans le bureau de monsieur.

Cela ne la choquait pas de le voir nu, blanc et

noir, dans la baignoire. Elle devait avoir un amant, peut-être plusieurs, car elle était plus avertie qu'une professionnelle. Leur racontait-elle comment Maugin était, tout nu ? Et comment il faisait l'amour ? Et ce qui l'excitait ?

Il ne voulait toujours pas penser à la nuit. Il faudrait bien y venir, comme il avait fini par ouvrir les yeux, mais il avait besoin, avant, de se mettre d'aplomb.

— Camille !

— Monsieur.

— Passe-moi le dos au gant de crin.

C'était le supplice quotidien de la femme de chambre, car il fallait frotter fort, toujours plus fort, à faire gicler le sang de la peau. Comme elle disait, elle en avait les bras qui tombaient.

— Vous avez bien dormi, Camille ?

— Oui, monsieur. Merci. Je dors toujours bien.

— Vous m'avez entendu rentrer ?

— Non, monsieur.

Il avait espéré, par elle, apprendre à quelle heure il était arrivé à la maison. Il devait être très tard, car il se souvenait d'avoir vu fermer les volets de la petite boîte de la rue de Presbourg. Il ne se rappelait pas y être allé, ni être descendu du taxi qu'il avait pris en laissant Cadot sur le trottoir, mais il gardait une image assez nette de la boîte qu'on fermait, des musiciens qui sortaient en même temps que lui.

Il était gonflé, à ce moment-là, se sentait énorme, puissant, une sorte de surhomme, un super Maugin entouré de fidèles respectueux. Qu'est-ce qu'il leur avait dit ?

Il se revoyait assis sur un haut tabouret, dans un

coin du bar, le dos au mur, et des gens venaient lui parler, lui mettre un verre dans la main ; il y avait des groupes, aux tables, avec de jolies femmes, et on l'invitait à s'y asseoir, mais il ne bougeait pas, consentait seulement à parler plus haut, à lancer quelques répliques, de loin, comme il aurait parlé de la scène à la salle, comme il le faisait jadis au music-hall, quand il prenait un spectateur à partie et soulevait des tempêtes de rires.

Puis il se tournait vers Bob, le barman, laissait tomber, la bouche en coin :

— Les cons !

Après... Non ! Pas tout de suite. C'était trop humiliant, plus écœurant que le goût du vin qui lui remontait jusqu'aux narines et l'obligeait à se gargariser à nouveau d'une gorgée d'alcool.

Il avait des quantités de problèmes, mais il fallait avant tout savoir au sujet d'Alice. Le tour de Viviane viendrait après. Quant à ce qui avait pu se passer au *Presbourg*, cela ne pressait pas. On l'attendait au studio et il jouerait sa scène, ce matin. C'était indispensable. C'était le seul moyen de se retrouver.

— Camille !

— Oui, monsieur.

— Un nœud bleu à pois blancs.

Il ne l'avait pas bousculée, ne lui avait rien dit de méchant. En regardant les muscles de sa croupe jouer sous la soie noire, il questionna :

— Comment fais-tu pour ne pas avoir d'enfant ?

— Comme tout le monde, monsieur. J'ai la chance que ça réussisse. Je touche du bois.

— Camille !

— Monsieur.

— Couche-toi.

— Comme ça, maintenant ?

— Comme ça ! Maintenant !

Une bouffée venait de lui venir, il savait bien pourquoi. Ce n'était pas beau non plus. C'était même assez sale, mais cela le purgeait.

Après, il se sentait la tête plus vide, les jambes molles, avec du vague dans la poitrine, mais il était content de l'avoir fait.

— Quelle heure est-il ?

— Huit heures moins le quart.

— La voiture est à la porte ?

— Je suppose, monsieur. Vous voulez que je regarde ?

Il ne s'occupa plus d'elle. Il avait choisi un complet bleu croisé, une chemise en soie blanche, un nœud de cravate à pois. Il avait son traditionnel chapeau rond sur la tête et des restes de talc aux joues, quand il poussa la porte de l'ancienne chambre d'amis qui était devenue la nursery. C'était au bout du couloir, à l'autre extrémité de l'appartement. Il ne fit que pousser le battant de quelques centimètres, vit Alice, debout, en blanc, qui sortait Baba de son bain.

Elle était toute fraîche, dans cette tenue de nurse qu'elle adoptait le matin et la gamine tourna la tête vers lui, attendant gravement son sourire pour y répondre.

Il n'osa pas. Il ne voulait pas rencontrer le regard de sa femme, ni voir si elle avait pleuré, si elle pleurait encore. Il s'éclaircit la voix pour lancer aussi naturellement que possible :

— A tout à l'heure !

Il faudrait, un jour ou l'autre, une explication. Il

ne savait même pas au juste comment c'était arrivé. Il était rentré et c'était incroyable qu'il ait pu tourner la clef dans la serrure. Il s'était déshabillé au milieu de la chambre à coucher où Alice, éveillée, le regardait sans mot dire, et il avait semé ses vêtements un peu partout.

Elle ne lui adressait pas de reproches. Elle ne lui en adressait jamais. Et c'était très bien qu'elle comprît qu'elle n'avait pas à lui en adresser. Mais c'était justement à ces reproches qu'elle ne formulait pas qu'il était plus sensible, comme au fait, par exemple, qu'elle lui disait d'une voix calme, gentille, sans trace de larmes qu'elle aurait sans doute souhaité verser.

— Tu ne veux pas que je t'aide ?
— Non !

Il lui en voulait de rester couchée et lui en aurait voulu davantage si elle s'était levée. Il savait qu'elle avait peur qu'il éveille la petite, ou qu'il aille se montrer à l'enfant dans l'état où il était, et, parce qu'elle n'osait pas le laisser voir, il enrageait, humilié.

Elle avait l'âge de la femme de chambre, vingt-deux ans, et, quand il l'avait connue, elle n'en avait pas vingt. Elle suivait, pendant le jour, les cours du Conservatoire et, le soir, au théâtre, elle était une des petites dactylos du troisième tableau qui n'avaient chacune qu'une ou deux répliques.

Il avait mis des semaines à la remarquer, car elle n'était pas de la première distribution de la pièce et elle avait commencé par remplacer une camarade malade. Ce qui l'avait fait s'occuper d'elle, c'était sa bouche, qui ne ressemblait pas aux autres bouches féminines, il n'aurait pu dire pourquoi. Les lèvres étaient presque d'égale épaisseur, avec quelque chose d'inhabituel dans leur ourlet qui donnait une expression douce et soumise à toute la physionomie.

Un soir, il lui avait tapoté les fesses, gentiment, sans qu'elle se crût obligée de se rebiffer. Il avait ses bons gros yeux, à la fois gourmands et candides.

— On soupe ensemble, petite ?

— Si vous y tenez vraiment, monsieur Maugin...

— Parce que, à toi, cela ne te fait pas plaisir ?

— Je ne sais pas comment vous expliquer, monsieur Maugin. Je crains surtout que ce ne soit pas gai pour vous.

Il l'avait emmenée quand même, dans un cabaret peu connu de Montparnasse, et avait immédiatement commandé du champagne. Presque toutes y avaient passé, comme ça, et, le lendemain, elles ne se croyaient pas autorisées à se montrer familières.

— Je vous ai averti que ce ne serait pas agréable pour vous, monsieur Maugin. Autant vous dire tout de suite qu'il n'y aura pas de « tout à l'heure ». Vous comprenez ce que je veux dire. J'attends un bébé.

Elle était souriante et simplette en disant ça, mais elle avait les yeux humides.

— Cela ne se voit pas encore. Je ne suis enceinte que de deux mois.

— Le père ?

— Il n'en sait rien. Il n'a pas besoin de le savoir. Ce serait trop long à vous expliquer. Il est heureux comme il est. Je n'ai pas le droit de compliquer sa vie.

— Et le bébé, ça ne complique pas la vôtre ?

— C'est différent.

— Vous avez l'air contente ?

— Je le suis.

— D'avoir un bébé d'un homme qui...

— Oui. Peut-être d'avoir un bébé tout court.

Il avait horreur du champagne, et elle n'y toucha pas non plus, refusa ses cigarettes.

— Pas dans mon état.

On aurait dit qu'elle jouait à la femme enceinte, à la future maman, et c'était la première fois que Maugin était aussi dérouté devant une femme.

Il fit sa grosse voix :

— C'est fort bien, cet enfant, il faudra l'élever.

— Le nourrir, l'habiller...

Elle ne gagnait pas, au théâtre, de quoi faire plus d'un repas par jour.

— Vous le voyez encore, lui ?

— Non.

— Pourquoi ?

— Je ne veux pas qu'il sache.

— Vous l'aimez toujours ?

— Peut-être moins. C'est difficile à expliquer.

Pendant des semaines, il avait joué à lui adresser, même en scène, de petits signes qu'elle seule pouvait comprendre et il lui avait fait obtenir un bout de rôle dans son film.

— Vous tenez vraiment à devenir actrice ?

— Non.

— Alors, pourquoi avez-vous commencé ?

— Parce que la vie était monotone à la maison.

— Vous êtes de Paris ?

— De Caen. Mon père est pharmacien.

Il s'était habitué à la chercher des yeux dès qu'il arrivait au théâtre, et lui apportait des bonbons, faute de steaks qui lui auraient fait plus de bien, mais qu'il n'osait pas lui offrir.

— Dites-donc, ma petite Alice. Je ne sais pas si c'est parce que je suis dans le secret, mais il me semble que cela commence à se voir.

— Une camarade me l'a dit à midi.

— Alors ?

— Je ne sais pas.

Est-ce que, sacrebleu, celle-ci jouait un rôle aussi ?

— Si je vous promettais de n'être pour vous...

C'était lui qui rougissait, qui bégayait, qui, à cinquante-sept ans, avait l'air d'un éléphantesque nigaud.

— ... Il me semble qu'on pourrait s'arranger. Pour la forme, vous comprenez ?... Cela donnerait un nom à l'enfant... Et, pour vous...

Cadot, jadis, celui qui était mort, l'homme à la pension, avait-il été comme ça ? Eh ! il n'y pouvait rien ! C'était plus fort que lui ! Il en arrivait à regarder ce ventre-là comme si c'était le Saint-Sacrement.

— C'est oui ?

Ils s'étaient mariés à la mairie du VIIIe, un matin de juin, et étaient partis tout de suite pour la Côte d'Azur où il avait un film à tourner. Après, il l'avait laissée dans un petit village de Provence où elle avait accouché vers le milieu de l'hiver, puis elle l'avait rejoint à Paris avec l'enfant.

L'enfant, c'était Baba, à qui, ce matin, il n'avait pas osé sourire parce que, la nuit, il avait fait de la peine à sa mère.

Cela l'avait pris dans la salle de bains, où il s'était senti malade et où il avait essayé en vain d'amortir des bruits répugnants. Il s'était nettoyé de son mieux et il se souvenait avec une sorte de honte de son visage dans la glace.

Est-ce qu'il n'avait pas parlé au jeune Cadot de la femme qui l'attendait dans son lit ? Cela devait être le point de départ. Quand, après coup, des matins comme celui-ci, il se mettait à chercher, il finissait presque toujours par retrouver le cheminement inconscient de sa pensée.

Il avait pensé à l'autre Cadot, le faux père.

Et, rue de Presbourg, il avait beaucoup parlé, trop parlé, sur un ton dégagé, à la fois hautain et ironique, en lançant des clins d'œil au barman. Il avait prononcé des phrases stupides dans ce genre :

— Un artiste et un barman, c'est cousins ! Cela vit l'un comme l'autre des vices des gens et ça doit s'y connaître en crapules.

Il disait ce mot-là assez haut pour que les consommateurs l'entendent et il se rappelait vaguement que le patron, un petit Italien large d'épaules, était intervenu pour éviter la bagarre. Qu'avait-il dit au consommateur en habit, accompagné de deux femmes, qui s'était soudain approché du bar et qu'il s'était empressé d'emmener dans un coin ? Sans doute :

— Voyons ! Voyons ! Vous connaissez M. Maugin, le grand acteur, et vous n'allez pas faire un esclandre. Quand il est dans cet état...

Peut-être avait-il ajouté :

— On ne frappe pas un homme qui...

Il avait aussi mal parlé des femmes, prétendant que toutes, autant qu'elles sont, ne rêvent que de l'état de veuvage pour lequel elles se sentent nées.

— Elles sont là, dans notre lit, à attendre que nous crevions pour occuper enfin toute la place !

Alice était là, derrière la porte, dans son lit, justement, et il avait honte de se présenter devant elle, vacillant, sentant mauvais, vieux et malade.

Alors, poussant le battant d'un geste brusque, il l'avait regardée de haut en bas et avait prononcé, la voix graillonneuse :

— T'es-tu jamais demandé ce que tu faisais dans *mon* lit ?

Un temps, comme au théâtre, puis, deux tons plus bas :

— Moi, je suis en train de me poser la question.

Il était resté debout, à attendre une réplique, des larmes, une scène qui lui aurait détendu les nerfs, mais, simplement, sans bruit, elle s'était levée, avait pris ses deux oreillers et s'était dirigée vers la porte.

Elle ne lui avait pas souhaité le bonsoir. Elle ne lui avait rien dit. Elle avait dû, plus tard, revenir dans la salle de bains pour la nettoyer. Et, ce matin, elle était toute propre, toute nette, vêtue de blanc immaculé, dans la chambre de Baba.

Il se dirigeait vers le vestibule, à pas mous, ouvrait la bouche pour appeler Jouve, quand la porte de la nursery s'entrebâilla derrière lui et une voix dit naturellement :

— Tu rentres dîner ?

Elle savait que, quand il travaillait au studio, il ne rentrait pas déjeuner, mais qu'il trouvait parfois le temps de venir manger un morceau et se changer avant le théâtre.

Ces mots qu'elle venait d'articuler, tout bêtes qu'ils étaient, faillirent le faire pleurer et il n'osait pas se retourner par peur de laisser voir sa grosse gueule toùte brouillée, il hésitait à parler tant sa gorge était serrée, lâchait, très vite :

— Peut-être...

Puis, d'une voix claironnante, à la cantonade :

— Je vous attends, môssieu Jouve !

Le même Alfred, qui l'avait déposé la veille au soir au coin de la rue de Courcelles, fumait sa cigarette au volant de la limousine, dans le matin sale gonflé de crachin.

— Ecoute bien ce que je te dis, petit. Tu vas téléphoner à la mère Cadot. Tu as son numéro ?

— Oui, patron.

Et le petit Jouve tirait de sa poche un joli calepin rouge.

— Tu lui demanderas des nouvelles de Viviane. Tu retiendras le nom ?

— Je connais.

— Si elle s'étonne que je ne téléphone pas moi-même, raconte-lui que je ne me sens pas bien.

— C'est vrai ?

Jouve avait remarqué, dès l'avenue George-V, que Maugin avait une sale tête, mais il avait eu soin de n'en pas parler. Les jours comme celui-ci, il était préférable de marcher sur des œufs, et cela ne suffisait pas toujours à éviter l'explosion.

— Alfred est encore là ?

— Il est dans la cour.

— Dis-lui d'aller porter tout de suite cette ordonnance chez un pharmacien et de ne pas revenir sans le médicament.

Il savait que, dans une heure environ, il aurait sa crise, qu'il en aurait pour un quart d'heure ou vingt minutes à se sentir mourir, jusqu'à ce qu'enfin ce qu'il appelait « sa bulle » éclatât en un rot plus ou moins bruyant. On allait voir si la drogue de Biguet agissait. Combien le professeur lui demanderait-il pour sa visite ? Certains prétendaient qu'il fixait ses honoraires selon la fortune du client. Et les journaux ne manquaient pas, presque chaque semaine, de citer les cachets astronomiques de Maugin, lançant ainsi tous les tapeurs à ses trousses.

Deux jours plus tôt, un couple de braves gens lui avait écrit d'une petite ville des Charentes.

« Nous avons soixante ans. Nous avons travaillé toute notre vie. Nous rêvons maintenant d'une petite maison à nous pour nos vieux jours. Justement, nous en avons trouvé une qui ferait notre affaire et, si vous vouliez, vous qui êtes si riche, nous envoyer par retour la somme de... »

Ils ne parlaient pas de rembourser, mais de prier pour lui !

— Tu n'as pas eu la mère Cadot ?

— On ne répond pas.

— Sonne encore.

Pendant ce temps-là, il devenait petit à petit, à l'aide de fards et d'une défroque, le personnage qu'il allait jouer. Jamais il n'avait tant houspillé les tailleurs que pour ce rôle-là, et il avait fini par acheter le costume d'occasion dans une maison de la rive gauche.

— Monsieur-Tout-le-Monde ! Vous ne comprenez pas, non ? Quelqu'un qu'on a l'impression de rencontrer chaque jour dans la rue. Quelqu'un qui vous rappelle votre beau-frère, ou votre agent d'assurances...

Le plus étonnant, c'est que, avant même qu'il se

serve des crayons gras, son visage d'empereur romain semblait déjà perdre ses angles ; les lignes fondaient, devenaient molles et fuyantes, l'expression devenait banale, avec de la veulerie, un peu d'espoir, de la méfiance et, peut-être, une vacillante lueur de bonté.

— On ne répond toujours pas, patron. J'ai demandé à la surveillante de sonner elle-même. Il n'y a sûrement personne.

— Quelle heure est-il ?

— Neuf heures moins cinq.

A neuf heures, il serait sur le plateau, où ils étaient déjà une trentaine à s'agiter.

— Prends, dans l'annuaire, la liste des hôpitaux.

— Des hôpitaux ?

— Quel mot ai-je prononcé ?

On aurait dit qu'à cause du costume, du maquillage, sa voix avait changé aussi, et son regard.

— Tu téléphoneras de ma part à chacun. Cite mon nom, car, autrement, on ne te répondrait peut-être pas. Je sais comment ils sont. Tu demanderas s'ils ont chez eux une certaine Viviane Cadot. Je ne connais pas le nom de sa maladie, mais c'est dans le ventre, une maladie de femme. Il était question de l'opérer cette nuit.

Il jeta un regard navré vers la cour, affreuse, désespérante, sous la pluie, qu'il devait traverser pour gagner le studio B où on tournait ce matin. Le décor était en place depuis longtemps ; une salle à manger de petites gens, avec la machine à coudre devant la fenêtre aux rideaux de guipure.

Laniaud, le metteur en scène, se montrait inquiet,

les commanditaires, dans un coin — l'un d'eux, un Juif hongrois, portait une pelisse — étaient de glace.

— Ecoute, Emile, fit Laniaud en l'attirant à l'écart. J'ai travaillé toute la nuit avec le scénariste et le dialoguiste. Lis ça. Ça se tient. Je ne prétends pas que ce soit fameux, mais ça se tient, et il faut qu'on en finisse.

Maugin rendit les feuillets sans les lire, sans un mot.

— Qu'est-ce que tu comptes faire ?

— Jouer la scène comme le type la vivrait.

— Et jeter la femme par la fenêtre ?

Il en avait été question. Toutes les solutions avaient été discutées. C'était un épisode très court, presque muet, mais essentiel, car le reste du film reposait sur lui, et, comme d'habitude, on avait commencé par le plus facile, surtout par les scènes techniques, à décors et à figuration.

— Il n'y a pas cent façons de réagir, quand on apprend qu'on est cocu, mon petit Emile. Tu n'as jamais été cocu, toi ?

Maugin le regarda lourdement, s'approcha de l'actrice qui tenait le rôle de la femme. Elle avait ving-cinq ans. Ce n'était qu'une *starlet*, car, lorsqu'on engageait Maugin, on rattrapait sur le reste de la distribution une partie de la dépense.

— Prête, petite ?

— Oui, monsieur Maugin.

C'était sa carrière qui était en jeu, et elle tremblait de se voir engagée dans ces complications. Elle s'était fait la tête d'une ménagère un peu trop coquette et, avec son visage chiffonné, elle était assez dans la peau du rôle.

— Laniaud ! Tu veux que je la joue, *ma* scène ?

Et on entendit, comme sur un navire, s'entrecroiser les appels et les commandements. Les projecteurs éclairèrent les deux feuilles du décor, y compris la porte, avec l'amorce d'un escalier.

Pendant ces préparatifs, Maugin rôdait, à son habitude, et on pouvait croire qu'il se pénétrait de son personnage alors que, la main sous son veston, il tâtait la place de son cœur en se demandant quand la crise allait commencer.

— Prêts ?

— Prêt pour le son !

Il n'y avait que lui, sur le plateau, à avoir l'air absent, à ruminer dans sa solitude, et pourtant, au moment donné, le chapeau sur la tête, aux lèvres une pipe qu'il n'allumait que pour la circonstance, il se trouva à la place exacte qu'il devait occuper.

— Claquettes !

Il venait d'apprendre, par un camarade, que sa femme le trompait avec un freluquet du voisinage. Il avait bu en route et il atteignait, un peu haletant, le palier (qu'on ne voyait pas encore, car la porte était fermée), poussait le battant, restait immobile en regardant sa femme qu'il surprenait à essayer des sourires devant un miroir.

Dans le scénario, figurait la réplique :

« — Putain ! »

Mais lui ne disait rien, restait là, les bras ballants, tellement immobile, comme sans jouer, que l'opérateur crut que c'était un faux départ et faillit cesser d'enregistrer.

Il regardait sa femme avec un calme extraordinaire, et la petite actrice, réellement prise de peur, cherchait d'instinct un appui autour d'elle.

Elle allait pourtant ouvrir la bouche, prononcer le mot prévu au scénario :

« — Jacques ! »

Mais elle ne le disait pas parce qu'il ne lui laissait pas dire, parce qu'il était devenu un monolithe d'où émanait une force envoûtante.

C'était lui qui parlait, presque tout bas :

« — Viens ici ! »

Et, comme elle hésitait pour de bon :

« — Viens ici, petite... »

Alors, doucement, sa main gauche saisissait à la fois la nuque et une poignée de cheveux blonds, délicatement, mais irrésistiblement, il lui renversait la tête en arrière, en la regardant bien en face, comme s'il la découvrait, en se penchant à mesure, et son poing droit, fermé, se levait, restait en suspens.

Lentement toujours, les doigts de cette main s'ouvraient, devenaient des griffes, des pinces implacables qui s'abaissaient vers le visage aux yeux exorbités.

Puis, alors qu'on s'y attendait le moins, à l'instant où cette main allait saisir la chair pour la meurtrir, un nuage passait sur ses traits, les brouillait et...

« — Va ! »

Sans heurt, sans brutalité, cette masse, qui aurait écrasé un colosse, poussait la fille dans l'escalier.

On ne la voyait plus, elle n'était plus dans le champ, quand il prononçait enfin, tout bas, d'une voix sans expression, le corps dégonflé, le fameux mot du scénario :

« — Putain ! »

Il y eut un long silence avant que Laniaud criât,

en se levant d'une détente, comme pour reprendre contact avec la réalité :

— Coupez !

Le Juif hongrois et son associé, dans leur coin, se regardaient sans rien dire, et la petite actrice sanglotait contre un décor, sans raison.

— Tu as le courage de recommencer tout de suite, Emile ?

On avait tourné certaines scènes, surtout celles qui comportaient un grand nombre de partenaires, jusqu'à dix fois. La moyenne, pour Maugin, était de quatre.

— Alfred est là ?

Le chauffeur était rentré au moment où la lampe rouge s'éteignait à la porte du studio ; Adrien Jouve aussi.

— Une seule fois, décida-t-il sans qu'on protestât.

Il alla se cacher derrière un décor pour avaler un comprimé, en même temps qu'une gorgée d'alcool dont il avait une bouteille plate dans sa poche. Quand il rentra dans le champ, Jouve, séparé de lui par les projecteurs et par des câbles, fit mine de se faufiler.

Il lui commanda par un signe de rester où il était.

— Après !

La main en cornet, le secrétaire questionnait :

— Quoi ?

— *Après !*

Docile, banal comme son personnage, il se tourna vers le metteur en scène, attendant le signal.

— Morte ?

Il était tellement sûr de la réponse qu'il fronça les sourcils, méfiant, en voyant Jouve lui adresser un signe négatif.

— Elle est à l'hôpital Debrousse, rue de Bagnolet dans le XXe.

— Petit, j'ai habité dans le XXe arrondissement avant que tu sois né, avant que l'idée soit seulement venue à tes parents qu'ils pourraient un jour se rencontrer pour te faire.

Jouve lui avait jeté sur les épaules un plaid qu'il emportait toujours au studio, car Maugin sortait, en nage, les fards fondus par la sueur, de la fournaise des projecteurs. En fin de compte, ce matin, on avait tourné la scène, non pas deux, mais cinq fois, et c'était sur sa demande qu'on avait recommencé.

La première fois, à cause de sa partenaire qui, maintenant qu'elle connaissait son rôle, avait manifesté son effroi trop tôt. Une autre fois, quelqu'un avait été pris d'une quinte de toux et, enfin, c'était Maugin qui s'était senti mou, distrait.

Les projecteurs éteints, les visages devenaient gris, les vêtements ternes, et le studio ressemblait à une gare après un bombardement. Les commanditaires montaient dans leur auto. Les autres se dirigeaient, par groupes, vers la cantine.

— On essaie les raccords cet après-midi ? questionna Laniaud. Si tu es trop fatigué, je ferai aujourd'hui ceux pour lesquels je n'ai pas besoin de toi.

— Je ne suis pas fatigué.

c'est ma faute, que « c'est moi qui l'ai tuée ». On l'a bien opérée, n'est-ce pas ?

— Oui.

— A minuit ?

— A minuit dix. Ils viennent de me le confirmer. En elle-même, l'opération a parfaitement réussi.

Donc, il n'y était pour rien. Argent ou pas argent, l'opération aurait eu lieu tout comme ; la seule différence, c'est que Cadot se serait probablement trouvé près de sa femme au moment où on l'emmenait sur un chariot dans la salle d'opération.

A quoi cela aurait-il avancé ?

— Tu vas dire à Alfred de te conduire à l'hôpital. Tu trouveras bien le pavillon. Tu y rencontreras plus que sûrement le dénommé Cadot.

— Celui que j'ai déjà vu au théâtre ?

— C'est le même.

Un soupçon passa dans son regard et il se demanda un moment si son secrétaire n'en savait pas plus long qu'il ne voulait le montrer.

— Il t'est arrivé de lui parler, au théâtre ?

— Il m'a parfois demandé si vous étiez là, ou si vous alliez bientôt arriver.

— Tu lui remettras cette enveloppe.

— Il y a une réponse ?

— Ou bien il la prendra, ou bien il ne la prendra pas.

Il ajouta inutilement :

— Je m'en fous.

— Pas de fleurs ?

Il n'y avait pas pensé. Il remarqua, sardonique :

— Voilà l'avantage d'avoir reçu une bonne éducation. On pense aux fleurs et à la couronne.

— Des fleurs sont préférables, à mon avis.

— Attends. Pendant que tu y es d'aller chez le fleuriste...

Il hésita. Tant pis !

— Tu feras porter une douzaine de roses à ma femme.

— Sans carte ?

— Tu me vois envoyer ma carte à ma femme ? Est-ce ainsi que cela se fait dans le beau monde ?

— Pardon. Elle saura évidemment que cela vient de vous.

— Evidemment !

Il n'avait pas fini le mot qu'il se ravisait.

— Mets ma carte quand même.

Puis il rappelait Jouve.

— Ne la mets pas. Elle saura. Ne perds pas ton temps en route.

Il attendit que Jouve fût sorti, que la serveuse eût apporté le café et le sandwich.

— Fatigué, monsieur Maugin ?

Est-ce qu'elle savait seulement ce que ce mot-là signifie ? Elle croyait être fatiguée, le soir, parce qu'elle avait lavé quelques douzaines de bols et d'assiettes et qu'elle était restée debout toute la journée.

Seul, enfin, à côté du sandwich dont il n'avait pas envie, il saisit le téléphone, composa le numéro de l'avenue George-V, attendit, assez mal à l'aise pour penser que, cette fois, la crise commençait.

— Allô !

C'était la voix qu'il connaissait bien, et elle ajoutait, naturellement :

— Ici, Mme Maugin.

Ces deux mots-là le frappaient pour la première

fois et il ne disait rien, avait l'impression d'entendre le silence, sur la ligne, de sentir l'espace qui le séparait de l'avenue George-V.

— Qui est à l'appareil ?

Sa voix s'enroua quand il répondit :

— C'est moi.

Et, fonçant soudain :

— Je voulais savoir si la petite est tout à fait bien. Il m'a semblé, hier, qu'elle commençait un rhume.

Alice se taisait à son tour. Etait-elle fâchée ? Emue ?

— Baba va très bien. Je viens de la coucher pour sa sieste, disait-elle enfin.

— Tant mieux ! Tant mieux !

C'était stupide. Il avait l'impression de se voir dans la glace et il avait encore sa tête ahurie de Monsieur-Tout-le-Monde.

— Tu dîneras à la maison ?

— Je crois que oui. On vient de tourner la fameuse scène, tu sais ?

— Content ?

— Très content.

Il avait conscience d'avoir réussi, ce matin-là, une des plus belles créations de sa carrière. Des millions de spectateurs seraient empoignés, des gamins, qui allaient à l'école aujourd'hui, la verraient dans dix ans, dans vingt ans, une fois grands, et on leur dirait :

— C'est un des rôles les plus étonnants de Maugin.

Du « grand » Maugin. On l'appelait déjà ainsi. Plus tard, avec le recul, il grandirait encore.

Est-ce qu'Alice en avait conscience ? Il n'avait

presque pas bu, ce matin. Ses idées n'étaient pas troublées par le vin ou l'alcool. Il était à froid. Ne pourrait-il pas lui faire comprendre que cette scène, par exemple, qui ferait probablement époque dans l'histoire du cinéma et dont les électriciens et les machinistes étaient en train de s'entretenir à la cantine, il ne l'aurait peut-être pas réussie si, la veille...

Et il n'y avait pas que la veille. Il y avait les fois précédentes. Il y avait toutes les autres petites saletés.

On disait :

« Le "grand Maugin". »

On disait :

« Un chef-d'œuvre ! »

On écrivait les mots « humain », « poignant », et les imbéciles qui l'avaient vu la nuit faire le clown rue de Presbourg...

Cela lui était égal, mais il aurait aimé savoir s'il n'avait pas fait trop de mal à Alice. L'appartement lui semblait lointain et vide, il l'y sentait sans protection, sans rien, plus exactement, pour la retenir. Ne se demandait-elle pas, elle aussi, ce qu'elle faisait là ?

La nurse, Mme Lampargent, était froide comme une vertu théologale, occupée de préséances, indignée quand la femme de chambre ne lui parlait pas à la troisième personne. La cuisinière...

— Allô !

— Oui...

— Tu es triste, petite ?

— Non.

Il se montrait gauche, balourd. Il se sentait coupable et, en même temps, il avait l'impression qu'on commettait une injustice à son égard. Pas spécialement Alice. Et encore ! Pourquoi, par exemple, cette petite Baba était-elle d'un autre, d'un homme qu'il ne connaissait pas, qu'il ne voulait pas connaître, mais auquel, elle, elle pensait sûrement chaque fois qu'elle regardait sa fille ?

— Ici, il pleut, dit-il en fixant les vitres.

— Ici aussi.

— Je vais te laisser.

Puis un mot bête, qui l'aurait fait hausser les épaules si un autre l'avait prononcé devant lui :

— Soigne-toi bien !

Il avait oublié de lui annoncer les fleurs. Il était à nouveau seul et il se mit à grignoter son sand-wich d'un air dégoûté.

Tout à l'heure, après la scène ratée par la faute de sa partenaire, la jeune fille était tellement effon-drée qu'on s'était demandé si elle allait pouvoir continuer. Il l'avait emmenée, une main sur l'épaule, vers les lointains déserts du studio et, tandis qu'ils erraient tous les deux, elle un mouchoir à la main, parmi les décors démantibulés, il lui racontait une histoire, comme à une petite fille, pour la remonter. Peut-être, au fond, était-ce un tout petit peu pour se remonter lui-même aussi ? Cela l'empêchait en tout cas de penser à sa crise.

— Vous êtes déjà allée à la Foire du Trône, petite ?

Il avait essayé de lui faire comprendre pourquoi ce n'était plus la foire d'autrefois, quand les haut-parleurs n'avaient pas encore remplacé les limo-naires aux personnages en bois peint qui battaient de la grosse caisse et que les manèges étaient éclai-rés par des lampes à arc qui vous crevaient les yeux.

— C'est là, dans une horrible baraque en toile

peinte, que j'ai paru pour la première fois en public. J'avais dix-sept ans.

Elle le regardait, surprise, oubliant le rôle qu'elle allait jouer à nouveau dans quelques minutes et sa carrière qui en dépendait.

— J'étais aussi grand qu'aujourd'hui, presque aussi large, et, ce soir-là, j'avais faim. Quand j'avais faim, rien d'autre ne comptait. Un gros bifteck et des frites ! Pendant des années, cela a été mon idéal. Des malabars, sur une estrade, annonçaient une prime de cinq francs pour l'amateur qui mettrait Eugène-le-Turc sur les deux épaules en lutte libre.

» — Tous les coups sont permis, mesdames, messieurs. A vous, militaire !

» Mais le militaire à qui on faisait mine de lancer le gant crasseux s'enfonçait prudemment dans la foule.

» J'ai levé la main. On m'a emmené pour me déshabiller dans un coin obscur, entre des cloisons de toile.

» — Je suppose que t'es affranchi ? Tu te laisses tomber au deuxième round et on te donne dix sous à la sortie. Sinon...

» — Sinon ?

» — Je ne te conseille pas de faire la petite tête !

» J'avais décidé que j'aurais les cent sous et j'ai mis Eugène-le-Turc sur les deux épaules, bien qu'il m'ait à peu près arraché une oreille avec les dents.

» Devant le public, on m'a remis une belle pièce en argent, puis, au moment où je retournais dans le cagibi obscur pour me rhabiller, ils se sont jetés sur moi à trois ou quatre.

» Non seulement ils m'ont repris la pièce que je

venais de gagner, mais encore un couteau presque neuf que j'avais en poche.

Elle le regardait comme les enfants qui ne veulent jamais croire qu'une histoire est finie.

— C'est tout, petite. Venez. Nous allons jouer la scène du cocu et je suis sûr que vous la jouerez fort bien.

Elle ne devait pas voir le rapport. Il n'aurait pas pu l'expliquer lui-même. Il le sentait, sans plus. Il y avait, entre ceci et cela, des fils à peine visibles. Il avait reçu plus que son compte de coups de poings sur la gueule, voilà, et même des coups de vache.

Quand il avait raconté cette histoire-là à Alice, car il la lui avait racontée aussi, un soir qu'elle était enceinte et qu'ils promenaient son gros ventre à Nice, près du Casino de la Jetée, elle avait murmuré en lui caressant la main :

— Pauvre Emile !

Elle n'avait pas compris non plus. Ou, plutôt, chacune comprenait son histoire autrement, comme elle pouvait. Est-ce parce qu'il ne la racontait jamais à des hommes ? Alfred, le chauffeur, par exemple, réagirait sûrement en sifflant, une flamme amusée dans les yeux :

— Les vaches !

Jouve, comme Cadot, s'étonnerait :

— Vous ne vous êtes pas plaint à la police ?

Et ces deux-là ne penseraient sûrement pas que le couteau, dans sa poche, était à cran d'arrêt.

Yvonne Delobel, sa première femme, avait dit entre ses dents, en le regardant d'un air excité :

— J'aurais aimé te voir te battre avec ce sauvage. J'espère que tu lui as fait bien mal, au moins ?

Est-ce vrai que, dans ces luttes-là, on a le droit de tordre les parties ?

Elle ne s'était pas retenue longtemps de prononcer le mot tout cru. Et pourtant, les journaux l'appelaient « la grande dame du théâtre » ! C'était réellement une grande dame à sa façon, une grande Madame, et aucune actrice, aujourd'hui, n'osait prétendre l'égaler en talent.

Il lui avait fait du mal, à celle-là aussi. Certains des vieux admirateurs d'Yvonne Delobel murmuraient encore que c'était lui qui l'avait tuée.

L'envie lui venait de composer à nouveau le numéro de l'avenue George-V, de parler à Alice. Dans le placard de sa loge, à deux pas de lui, il y avait une demi-douzaine de bouteilles pleines de vin rouge, et personne, à cette heure-ci, n'oserait le déranger ; on n'aurait pas besoin de lui sur le plateau avant deux heures et demie, et tout le monde savait que c'était le moment sacré de sa sieste.

Il s'était détendu, comme pour s'assoupir, ses yeux mi-clos fixant le rougeoiement du radiateur à gaz qui lui brûlait un peu les paupières. Il s'aperçut qu'il avait machinalement croisé les mains sur sa poitrine, pensa qu'on avait dû joindre de la même façon celles de Viviane, qu'on avait joint jadis celles d'Yvonne, qu'on lui en ferait autant un jour, et il changea vite de position.

Est-ce que Cadot allait refuser le chèque ? Ou bien continuerait-il à venir le taper de temps en temps, dans les couloirs du théâtre, avec une morne obstination.

Qu'il accepte ou qu'il refuse, il y aurait des gens, plus tard — ne fût-ce que la grand-mère ! — pour raconter aux enfants, en leur montrant son portrait :

« — Cet homme-là, la nuit où ta maman est morte... »

Il avait rencontré Viviane une seule fois, un soir que Cadot la lui avait amenée au théâtre, peu avant leur mariage, pour la lui présenter, comme s'il attendait sa bénédiction, et il serait incapable de la reconnaître, sinon, peut-être, à cause de ses yeux qui louchaient.

Si Cadot acceptait le chèque au lieu de le lui retourner avec indignation, il était de taille à l'inviter à venir voir sa femme dans la chambre mortuaire et à se froisser s'il n'y allait pas.

Même des journaux habituellement gentils avec lui avaient trouvé le moyen de glisser une note malveillante, jadis, parce qu'il n'avait pas assisté aux obsèques d'Yvonne Delobel.

Or, quand elle était morte, il y avait près de trois ans qu'ils étaient divorcés et qu'elle vivait avec un autre !

Elle, en tout cas, si l'on se préoccupe encore de ces questions-là dans l'autre monde, devait avoir compris. Elle avait déjà compris une bonne partie de son vivant, mais pas tout. Peut-être était-il comme ça, lui aussi, lucide pour ceci, aveugle pour cela, et faisait-il souffrir sans le savoir ?

D'Yvonne, ou de lui, qui avait fait le plus de mal à l'autre ?

Elle était célèbre et il ne l'était pas quand ils s'étaient connus. Cela, tout le monde l'avait souligné. Beaucoup la considéraient comme l'égale de Sarah Bernhardt, alors qu'il jouait encore les comiques dans les revues de music-hall.

Seulement, elle avait quarante-cinq ans sonnés et

il en avait trente à peine. Elle n'avait vu en lui qu'une sorte de taureau magnifique et puissant.

— Vous êtes un type, Maugin ! était-elle venue lui dire dans sa loge. J'avoue que je suis désireuse de mieux vous connaître.

Elle était petite, menue, d'une extraordinaire délicatesse de traits, d'une distinction que les couriéristes qualifiaient d'exquise.

Cela ne l'avait pas empêchée, le premier soir, comme il le faisait maintenant avec une figurante, de l'emmener dans son appartement de la rue Chaptal.

Pendant six ans, il avait partagé sa vie, en tout cas son lit, et, dès le début, elle avait eu si peur de le perdre qu'elle avait exigé qu'ils se marient.

Il ne savait plus pourquoi il pensait tout à coup à elle.

Ah ! si, à cause d'Alice, qui devait passer une journée mélancolique et grise dans leur appartement, à cause de l'autre aussi, la Viviane aux cinq enfants, à qui on avait enlevé les ovaires et qui ne s'était pas réveillée, à cause des vins rouges de Cadot, peut-être même à cause de la petite à qui, tout à l'heure, pour la remonter, il avait raconté l'aventure de la Foire du Trône.

Il lui arrivait de boire avant de connaître Yvonne Delobel, mais elle buvait plus que lui. Le plus drôle, c'est qu'alors qu'elle était à peu près ivre tous les soirs, elle lui avait interdit l'alcool.

— C'est différent, expliquait-elle avec son cynisme souriant. Une femme qui a bu a des possibilités accrues de jouissance, tandis qu'un mâle devient lourd et impuissant.

Or, c'est le mâle qu'elle était allée chercher dans

sa loge de music-hall et qu'elle avait épousé, un mâle épais, brutal, dont elle caressait parfois, des heures durant, le corps muscle par muscle.

— Raconte-moi encore l'histoire d'Eugène-le-Turc.

Elle interrompait son récit aux bons endroits.

— Tu saignais fort ?

Elle lui rappelait au besoin un détail qu'il oubliait et elle l'avait obligé à fouiller sa mémoire, nuit après nuit, pour y retrouver des aventures violentes ou sordides.

— Explique-moi encore ce que Nicou faisait à ta sœur. Attends ! Je vais me mettre dans la même pose qu'elle et tu me le feras...

Elle avait tout lu, tout connu. Elle avait fréquenté et fréquentait encore les quelques douzaines d'hommes illustres qui, pour l'Histoire, sont comme le condensé d'une génération. Elle continuait à mener sa propre vie, traînant son taureau derrière elle. Parfois, elle s'amusait de ses gaucheries.

— Il faudra que je t'apprenne à t'habiller, Emile. Tu as une idée trop personnelle des accords de couleurs !

Lui apprendre à manger aussi, à se tenir dans un salon. Elle essayait de lui faire lire les bons auteurs, mais ne soupçonnait pas qu'il pouvait être ou devenir quelqu'un par lui-même.

Elle le trouvait plus à sa place au music-hall qu'au théâtre, sauf peut-être dans les gros vaudevilles du Palais-Royal.

Lui en avait-il voulu ? Longtemps, il avait cru, comme tant de gens, qu'elle était en quelque façon sa bienfaitrice et il craignait tellement de la peiner qu'il se retenait de trousser les bonnes comme il en mourait d'envie.

Elle était maladivement jalouse. Quand elle ne jouait pas elle-même, elle venait le surprendre au music-hall et allait jusqu'à payer un machiniste pour lui rapporter ce que Maugin faisait.

Certains soirs, trouvant l'alcool trop lent à agir, elle prenait de l'éther, et ces nuits-là finissaient par de dramatiques crises d'hystérie.

Deux fois, il l'avait quittée. Les deux fois, elle était venue se mettre à genoux dans sa chambre d'hôtel, suppliant, se traînant, menaçant de se tuer séance tenante, et, les deux fois, il l'avait suivie, tête basse, le cœur gros.

Elle ne s'était pas tuée, cependant, quand il avait soudain disparu de la circulation, abandonnant la scène pour un temps, se cachant comme un voleur, ni quand il l'avait fait prier par son avoué de demander le divorce.

Quelques mois plus tard, il l'avait rencontrée avec un autre, son sosie par la taille et par la carrure, mais avec une face stupide de garçon boucher. Elle le savait. Elle avait pâli, lui avait souri avec amertume.

Une première cure de désintoxication n'avait réussi que pour un temps assez court.

En sortant de la seconde, un an plus tard, amaigrie, vieillie de dix ans, elle était morte d'une dose trop brutale de morphine.

Il tressaillit, fit un mouvement instinctif pour se raccrocher à quelque chose, ouvrit sur la pièce vide des yeux qu'il ne se souvenait pas d'avoir fermés, effrayé comme un enfant de se retrouver seul.

Il eut peur de mourir, tout à coup. Il lui sembla que son sang ne battait plus de la même façon que d'habitude dans ses artères, que sa vision devenait trouble, et il se mit à prendre son pouls, se tournant vers la fenêtre pour s'assurer qu'on l'entendrait de l'allée s'il avait besoin d'appeler.

On ne voyait que la pluie, le mur en brique sombre d'un studio, une porte de fer peinte en rouge et le toit luisant d'une auto.

Il avait dû s'assoupir un moment, sans doute faire un cauchemar qu'il essayait en vain de se rappeler. Il se souvenait de tout ce qu'il avait pensé au sujet d'Yvonne, mais il y avait eu autre chose après, d'effrayant, se terminant par une glissade dans le vide.

« — Couillon ! »

C'était bien sa voix, un peu changée parce qu'elle résonnait dans la loge vide, mais sa voix quand même.

Et, le matin, il avait réussi sa scène. Cela, c'était tangible. A l'heure qu'il était, on avait développé la pellicule, et Laniaud devait être occupé à la projeter.

Lui n'avait pas besoin de la voir. Il savait.

Il savait aussi qu'il avait besoin de se lever, de marcher jusqu'au placard et de se verser un plein verre de vin. C'était i-né-luc-ta-ble. Il venait, à l'instant même, d'en avoir la preuve.

Yvonne Delobel, encore, le lui avait démontré la première. Cela s'était passé un dimanche qu'ils ne jouaient ni l'un ni l'autre, un de ces dimanches glauques qu'on a l'impression de regarder à travers une boule de verre. Ils étaient sortis, contre leur habitude, et elle avait choisi un fiacre, un de ceux qui promènent les amoureux et les jeunes mariés au bois de Boulogne, avait donné à voix basse ses instructions au cocher.

— Où allons-nous ?

— Tu verras.

C'était, pour elle, comme ce matin-ci pour lui, un jour où elle n'avait pas bu, un jour de gueule de bois qui suivait une nuit déchaînée. Ils avaient la chair vide, la peau meurtrie, avec des taches roses sensibles à l'air du dehors, des yeux que blessait la lumière crue.

Le fiacre avait traversé Neuilly, s'était, cahin-caha, dirigé vers Bougival, cependant que l'actrice, perdue dans ses pensées, ne disait rien.

— A gauche, avait-elle ordonné une fois au bord de la Seine.

Elle essayait de lire les réactions de Maugin dans ses yeux et il n'en avait pas d'autres qu'un sommeil presque douloureux.

C'était l'été — la plupart des théâtres étaient fermés et cela leur valait ce dimanche creux — et des couples se livraient au canotage.

— Arrêtez, cocher.

Et à lui, à mi-voix :

— Regarde derrière cette haie.

Il voyait une maison blanche, spacieuse, immaculée, avec des volets verts et un toit d'ardoises, au milieu d'un jardin aux pelouses soignées, aux allées ratissées avec soin.

— Qu'est-ce que tu penses ?

Il ne savait pas, se demandait où elle voulait en venir.

— Ce sont des gens que tu connais ?

— C'est la maison dont j'ai toujours rêvé, dont je rêvais déjà quand je n'étais qu'une petite fille.

— Elle est à vendre ?

— Je l'ai achetée.

— Alors ?

— Je l'ai revendue.

De sa voix sourde, mais ardente, contenue, qui avait fait d'elle une incomparable « Dame aux Camélias », elle expliquait, une main crispée sur son bras, sans quitter le fiacre pendant que le cheval reniflait la verdure.

— C'était cinq ans avant de te connaître. Je suis passée par ici et je l'ai vue, exactement pareille à mon rêve de paix, de beauté sereine. Elle n'était pas à vendre et j'ai remué ciel et terre pendant des mois jusqu'à ce qu'on me la cédât, puis j'y ai apporté tout ce que devait contenir ma maison idéale.

Elle l'avait soudain regardé avec impatience, avec, peut-être, un soupçon de colère.

— Tu n'as jamais rêvé d'une maison aux volets verts ?

— Je ne m'en souviens pas. Non.

— Quand tu étais petit ?

Il préféra ne pas répondre.

— C'est vrai que, toi, tu es une brute. Tu n'as jamais non plus eu envie d'une femme douce qui te donnerait des enfants.

Il se taisait toujours, renfrogné.

— Peut-être auras-tu ça un jour, ricana-t-elle.

Et, presque furieuse :

— Je suis venue. J'ai essayé de vivre ici. La première semaine, j'ai hurlé de désespoir. La seconde, je me suis enfuie et je n'ai jamais remis les pieds entre ces murs.

Il avait bu ses deux verres de vin et hésitait à reboucher la bouteille.

— Tu comprendras plus tard, avait-elle soupiré, dépitée de son dimanche gâché. Filez, cocher. A Paris !

Dans la foule, dans les lumières, dans la fièvre. Avant qu'ils aient parcouru deux kilomètres, elle s'était arrêtée pour boire dans une guinguette.

Voilà ! On avait dit d'elle, on disait encore : « l'inoubliable artiste ».

On disait de lui : « le grand Maugin ».

Il plaisanta platement, s'adressant à la bouteille ; « — Viens ici, petite ! »

Et, avec l'air de lui tordre le cou, il faisait couler le liquide bleuâtre dans son verre.

— Qui est là ?

— Moi, patron.

Il ne se rappelait pas avoir fermé la porte à clef.

— Le chèque ? questionna-t-il à Jouve une fois entré.

— Quel chèque ?

— Je veux dire la lettre.

— Vous avez dit qu'il n'y avait pas de réponse.

— Il l'a acceptée ?

— Il l'a prise, oui.

— Il savait de qui elle était ?

— Je le lui ai dit. D'ailleurs, il m'a reconnu.

— Qu'est-ce qu'il a raconté ? Où était-il ?

— Dans la cour de l'hôpital, avec la vieille Cadot et une femme qu'il m'a présentée comme sa belle-sœur. J'ai oublié son nom.

— Il pleurait ?

— Il avait pleuré, cela se voyait. Ses yeux étaient rouges, son nez aussi. Ils tenaient chacun un parapluie à la main.

— C'est tout ?

— Il m'a prié de vous annoncer qu'il n'a pas encore pu fixer la date de l'enterrement, mais qu'il vous la fera savoir.

— Il n'a pas ouvert l'enveloppe devant toi ?

— Il en a eu envie. Il a failli. Mais la vieille dame lui a adressé un signe, en lui désignant la belle-sœur. Au moment où je m'éloignais, il a couru après moi pour me dire qu'il comptait sur moi aussi.

— Pour quoi faire ?

— Pour assister aux obsèques.

— Eh bien ! tu vois. C'est gentil, ça ! Il a eu des remords de ne pas t'avoir convié. C'est sa tournée, à cet homme !

— Patron !

Jouve le regardait d'un air soudain anxieux.

— Quoi ? Qu'est-ce qu'il y a ?

— Rien. Vous m'aviez paru tout drôle, il y a un instant.

— Et maintenant ?

— Je ne sais plus. Non. C'est fini. Vous avez eu mal quelque part ?

— J'ai eu mal aux volets verts, môssieu Jouve ! La bouteille était encore là, et le verre.

— On n'a pas commencé les raccords ? prononça le secrétaire, faute d'oser parler de ce qui le préoccupait, et par crainte du silence.

— Comme tu vois !

— A propos, j'ai envoyé les roses avenue George-V.

— Des roses, oui.

Il avait parlé sans savoir. Le mot, après coup, le frappait.

— Ah ! les roses !...

On ne pouvait deviner s'il était ironique, amer, ou seulement songeur. Il retrouvait en tout cas son froncement de sourcils pour questionner :

— Combien ?...

— Une douzaine...

— Je ne te demande pas si tu as compté les fleurs. Je te demande combien tu les as payées.

— Je ne les ai pas payées. Je les ai fait porter à votre compte.

— Sans demander le prix, comme ça, en grand seigneur ! De sorte que ces voleurs pourront me compter ce qu'ils voudront.

— J'ai pensé...

— Je t'ai interdit de penser, môssieu Jouve !

Il reprenait vie, petit à petit. Les rouages s'engrenaient. Encore un verre de vin et, à tout hasard, une pilule. Il y a des gens qui ne meurent pas à soixante-quinze ans, qui atteignent quatre-vingts et davantage. Il y a même des centenaires.

Il ne dépasserait pas la dose, aujourd'hui. Cela lui arrivait rarement de dépasser la dose.

Juste assez pour être d'aplomb sur ses grosses jambes et pour ne pas s'embarrasser de conneries de volets verts et compagnie.

— Tu as déjà eu envie d'une maison blanche à volets verts, toi ?

— Je ne sais pas, patron. Peut-être, un jour, une maisonnette dans le Midi, pas trop loin de la mer...

— Et une femme ? Des mioches ?

Le hasard le fit regarder Jouve à ce moment-là, et il fut surpris de le voir rougir comme une fille.

— Dis donc, tu es amoureux, toi ?

Du coup, les oreilles du jeune homme devenaient cramoisies.

— Dis-moi son nom.

— Personne, patron.

— Tu refuses de me dire son nom ?

Il s'emportait, habitué qu'il était à la docilité de son entourage.

— Je vous jure...

— Je t'ordonne de me dire son nom, tu entends ?

C'était absurde ! Il devait être parfaitement grotesque. Il ne savait pas lui-même ce qui lui prenait et voilà que son front se plissait, que ses yeux devenaient plus petits et plus aigus, soupçonneux, que sa bouche s'ouvrait pour une phrase qu'il ne prononça pas.

Il fit seulement :

— Ah !

Et, s'asseyant devant la table pour rafraîchir son maquillage, il ajouta sèchement :

— Va leur dire que je suis prêt à commencer.

Il le suivit du regard, dans la glace.

Dix fois, dans l'après-midi, au cours des prises de vues, il se surprit à l'épier, et chaque fois qu'il eut à parler de lui à quelqu'un il l'appela « l'idiot ».

5

Elle l'aidait à faire comme si rien ne s'était passé. Quand il était allé dire bonsoir à Baba, elle l'avait suivi dans la nursery, s'était tenue contre lui, le touchant légèrement, pendant la série de grimaces. Il y en avait un important répertoire, accru chaque semaine, que l'enfant connaissait par cœur et réclamait dans l'ordre, sensible aux moindres nuances.

— Porte-moi, maintenant.

Sur les épaules d'abord, puis sur la tête. Aujourd'hui, Alice ne lui disait pas, bien qu'il fût plus tard que d'habitude :

— Prends garde de ne pas trop l'exciter. Elle devrait déjà dormir.

En rentrant, il avait remarqué qu'on avait changé l'ampoule brûlée dans le lustre du vestibule et en avait été touché. C'était un lustre ancien, lourd et tarabiscoté — il faisait partie de l'héritage Consuelo —, et, depuis deux mois au moins, une des ampoules, grillée, y laissait une ombre déplaisante. Chaque soir, en rentrant, il fronçait les sourcils, ou grognait, ou poussait un profond soupir, selon son humeur.

— Camille le casserait et je ne peux pas obliger la cuisinière à monter sur une échelle. Quant à moi, tu sais que j'ai le vertige.

L'ampoule était remplacée pourtant, bien que leur échelle fût démantibulée. Il y avait un bon petit dîner, et ils évitaient l'un comme l'autre toute allusion à des sujets déplaisants. Avant de se mettre à table, il était allé jeter un coup d'œil dans la chambre, avait noté que les quatre oreillers se trouvaient sur le grand lit.

— Tu n'es pas trop fatigué ?

— On a fait du bon travail. On ne tourne pas demain.

— N'oublie pas que tu as matinée.

— Mais je n'aurai pas à me lever pour aller au studio.

La salle à manger ressemblait à une sacristie, il lui arrivait de se demander ce qu'ils faisaient là tous les deux, pourquoi cette maison, ces meubles, ce décor, qui ne correspondaient ni à leurs goûts ni à leur vie. Puis il se disait qu'il en serait de même ailleurs.

Il se réjouissait, ce soir, de voir Alice souriante, et que tout soit apaisé, qu'elle lui raconte, de sa voix naturelle, ce que Baba avait fait pendant la journée.

— Tu rentres tout de suite après le théâtre ?

Elle se reprit aussitôt :

— Pardon.

Il l'embrassa au front, tendrement, avant de partir, et, en attendant l'ascenseur, il avait vraiment l'impression qu'il laissait derrière lui une part importante de lui-même. Il s'était souvent demandé s'il l'aimait. Il n'était pas sûr de croire à l'amour. Ce soir, en pensant à elle, qu'il avait laissée dans le petit salon, près des roses rouges que l'éclairage magnifiait, il se sentait troublé, avait hâte d'être de retour.

Il fut de bonne humeur avec Maria elle-même qui, par esprit de contradiction, se montra grognon.

— Vous avez des nouvelles de cette pauvre Mme Cadot ?

— La mère ou la fille ?

— La femme de M. Cadot, tiens ! Ne faites pas l'imbécile. Comment va-t-elle ?

— Elle ne va plus du tout, ma pauvre Maria. Elle est morte.

— Vous dites cela presque gaiement.

— Je me suis laissé raconter jadis qu'une personne meurt à chaque seconde ou à chaque minute, j'ai oublié. Figure-toi qu'on doive porter le deuil, ou seulement avoir une pensée triste pour chacune ! Pense qu'au même moment il y a des milliers, des millions de gens occupés à faire l'amour.

— Ça ne prouve pas pour l'humanité !

— C'est plus gai que de mourir et cela permet à cette humanité de ne pas disparaître.

— M. Cadot doit être effondré.

— A plat, ma pauvre Maria, en bouillie, sous son parapluie, qu'il tient tristement comme un cierge. Ne me passe pas la bouteille.

— Vous dites ?

— Je dis : ne me passe pas la bouteille. Pas de cognac ce soir.

— Cela ne vous empêchera pas d'en réclamer au second entracte en affirmant que vous êtes exténué, incapable de jouer la pièce jusqu'au bout sans ça !

— Mauvaise langue !

C'est exact qu'après le second acte il hésita.

— Maria !

— Oui, monsieur Maugin.

— Non !

— Vous la voulez ou vous ne la voulez pas ?

— Je ne la veux pas. Fais entrer les touristes !

C'est le nom qu'il leur donnait quand il était de bonne humeur. Il lui arrivait alors de leur adresser un petit discours, comme un guide expliquant un monument historique.

— Vous voyez ce miroir, qui n'a l'air de rien, sur lequel des générations de mouches ont fait prosaïquement caca : il a reflété autrefois le visage du grand Mounet-Sully. Ce rideau de cretonne — disons qu'il est pisseux — a passé sa jeunesse dans la loge de Réjane, et ce qui dépasse, en dessous — car c'est là derrière que je me déshabille —, ce sont mes pantoufles.

Les gens trouvaient ça drôle.

— Quant à Maria, c'est elle-même une curiosité presque nationale, car, avant de finir au théâtre, de mal finir, elle a été la cuisinière de Paul Painlevé, celui qui était si distrait.

Il s'amusait en scène, à mettre ses camarades dans l'embarras, changeant les répliques, grommelant à mi-voix des réflexions saugrenues. Il affola son partenaire pendant cinq bonnes minutes, au cours d'une scène difficile, en lui répétant sans cesse, tout bas :

— Ta braguette !

L'autre, les mains chargées d'une pile de livres, ne pouvait pas vérifier sa toilette — qui était d'ailleurs correcte — et ne savait comment se tenir, n'osant se montrer au public que de profil. C'était justement celui qui obtenait un éclat de rire au troisième acte et, au fond, cela constituait un peu de vengeance.

Laniaud lui téléphona, alors qu'il se rhabillait.

— Tu fais quelque chose, Emile ?

— Non.

— Viens nous retrouver au *Maxim's*. Je suis avec une bande de Hollywood.

— Tant mieux, parce que, moi, je vais me coucher.

Il ne trouva pas de taxi au bout de l'impasse, descendit la rue à pied et eut un coup d'œil méchant pour le café de la veille. Il ne pleuvait plus. Le pavé restait mouillé, luisant, comme verni. Ce n'est qu'en arrivant à la Trinité qu'il put héler une voiture.

— Où dois-je vous conduire, monsieur Maugin ?

— Chez moi.

— C'est toujours avenue George-V ?

Il était tenté de faire un crochet par la rue de Presbourg, car il avait envie de savoir exactement ce qui s'était passé la veille. Il commençait déjà à penser qu'il n'était pas si malheureux que ça, sur son tabouret, le dos au mur, dans le coin du bar. Cela remuait. Cela vivait.

Ce qui l'écrasait, chez lui, dans n'importe quel chez lui, c'était le silence, l'immobilité de l'air, un certain calme irrémédiable, comme si le temps était suspendu à jamais. Il éprouvait une sensation semblable en regardant, du dehors, d'autres intérieurs. Et ce n'était pas nouveau. Il avait toujours ressenti ce malaise.

Quand, du trottoir, par exemple, il apercevait une famille autour de la table qui éclairait les visages comme sur un tableau de Rembrandt, c'était un peu, pour lui, comme si cette scène-là était fixée une fois pour toutes, comme si les personnages, le père, la mère, les enfants, la bonne debout, étaient figés jusqu'à la consommation des siècles.

Les murs, les portes fermées, lui donnaient un sentiment d'insécurité, d'angoisse. Il savait que ce n'était pas ça qu'Yvonne avait voulu dire avec sa maison aux volets verts, mais, pour lui, c'était ça. Il avait peur des albums de famille, avec leurs pages de parents morts, les pages de vivants qui, une fois entrés là-dedans, n'étaient déjà plus que des demi-vivants.

— Celui-ci, c'était ton oncle Marcel.

Mais le bébé, vers la fin, couché sur sa peau de chèvre, était un oncle en puissance aussi et finirait un jour sur une des premières pages.

Au coin des Champs-Elysées, il frappa à la vitre, entra au *Fouquet's,* où il dut s'arrêter à presque toutes les tables pour serrer les mains qui se tendaient et où cela sentait la fourrure mouillée.

— Un petit vin rouge, monsieur Emile ?

Le barman n'en servait qu'à lui ; il resta là dix minutes, debout, à regarder les gens, à penser au *Presbourg,* à hésiter à boire un second verre.

Il ne le fit pas, franchit en soupirant la voûte de sa maison et regarda d'un œil féroce les colonnes de marbre du vestibule, l'escalier solennel qui avait l'air d'attendre un cortège. Le premier étage était occupé par des bureaux, une compagnie de cinéma qui se maintenait depuis des années à l'extrême bord de la faillite, et au second il y avait un couple d'Américains — ils avaient trois voitures et deux chauffeurs — ; au troisième, un comte ; au quatrième, enfin, les locataires changeaient à peu près à chaque terme.

— Tu n'es pas couchée ?

— J'ai pensé que tu serais content que je t'attende.

— Et si je n'étais pas rentré ?

— J'aurais continué à lire.

Sans qu'il lui demande rien, elle était allée lui verser un verre de vin, et cela faisait drôle de voir le gros rouge dans du cristal taillé, le vin n'avait pas le même goût.

Il aurait aimé lui dire des mots tendres, pour la remercier, pour qu'elle sente qu'il n'était pas une brute, pour effacer tout à fait le souvenir de la nuit.

Mais il ne savait même pas où se mettre. Il allait et venait, cherchant sa place, sentant qu'elle comprenait qu'il n'était pas chez lui, qu'il ne l'avait jamais été, qu'ils ne formaient pas un vrai ménage.

— Que dirais-tu demain, de déjeuner en ville tous les deux ?

— J'en serais heureuse. Mais n'as-tu pas un rendez-vous ?

— A onze heures, avec Weill. Je n'ai pas envie de déjeuner avec lui.

Lourd de sommeil, il se retenait de bâiller, le sang à la tête, les paupières picotantes.

— Tu veux que nous nous couchions ?

— Ma foi...

Est-ce qu'elle aurait aimé faire l'amour ? C'était évidemment plus gentil. Cela aurait ressemblé davantage à une réconciliation. En se déshabillant, il se demandait s'il en aurait le courage, regrettait d'avoir pris la femme de chambre, le matin. Alice savait-elle qu'il avait baisé Camille ce jour-là, alors qu'elle était encore dans la nursery ? Est-ce qu'elle comprendrait pourquoi ?

Il la rejoignit au lit, hésita, s'approcha d'elle d'une façon qu'elle connaissait. Les deux lumières étaient allumées sur les tables de nuit. Le reste de la pièce était peuplé d'ombres, comme la salle de radiographie du professeur Biguet.

— Tu n'es plus triste ? souffla-t-il.

— Je n'ai pas été triste.

— Pourquoi ?

— Je savais bien.

— Qu'est-ce que tu savais ?

— Je te connais, Emile. Avoue que tu as sommeil.

— Oui.

— Que tu n'as pas envie de faire l'amour ?

Car il avait commencé à la caresser sans conviction.

— Je me le demande.

— Fais un gros dodo.

— Et toi ?

— Moi aussi.

— Un dodo paisible ?

— Oui.

— Heureuse ?

— Oui.

Ce fut elle qui éteignit les deux lumières, les enferma soudain dans le noir et l'immobilité.

Deux fois, avant de s'endormir, il tendit la main pour s'assurer qu'il n'était pas seul, toucha de la chair chaude.

— Tu ne dors pas ? chuchota-t-elle.

— Presque.

Il avait un peu peur, parce qu'il se rappelait que, tout à l'heure, dans sa loge des Buttes-Chaumont, il avait involontairement joint les mains sur sa poitrine alors qu'il somnolait. Or c'est probablement dans cette chambre-ci, dans ce lit-ci qu'il mourrait, ou qu'on l'installerait une fois mort. Le lit datait de plusieurs siècles, peut-être de Charles Quint, avec des armoiries sculptées sur les panneaux. Du temps de Consuelo, les colonnes et les rideaux y étaient encore. Tel qu'il était maintenant, il restait impressionnant et l'on sentait que des tas de gens y avaient vécu leur agonie, y avaient été étendus, couleur de cire, éclairés par des cierges, pour la dernière parade.

— Tu dors ?

On aurait dit qu'elle devinait ses peurs infantiles et elle s'arrangea pour le toucher comme elle l'avait fait tout à l'heure dans la nursery, comme par mégarde. Il dut s'endormir le premier et un assez long temps s'écoula avant qu'on l'accusât.

Il ne niait d'ailleurs pas avoir tué. Le fait, en lui-même, n'avait pas d'importance à ses yeux, ni aux yeux de ceux qui le questionnaient. Cela se passait sur un autre plan, beaucoup plus élevé, mais, ce qui l'angoissait, c'est qu'ils n'avaient pas l'air de comprendre ses explications.

— Faites un effort et vous verrez que c'est tout simple, leur disait-il. Vous pourriez essayer vous-mêmes et vous sauriez que c'est *i-né-luc-ta-ble*. J'avais levé la main comme ceci, le poing fermé, remarquez-le. C'est pendant qu'il se rapprochait du visage que mon poing s'est ouvert, de lui-même, et que les doigts ont commencé à s'écarter, jusqu'au moment où ils se sont posés sur la gorge.

Ces gens-là n'avaient pas d'expert « technique », alors que pour le moindre film on en engage une flopée. Cela l'indignait qu'ils n'aient pas encore songé à créer ce poste.

Au début, il était à peu près sûr que c'était Alice qu'il avait tuée. Enfin, c'était indiqué. Puis en reconnaissant Cadot dans le prétoire, vêtu de noir, le parapluie suspendu à son bras, il avait compris qu'il s'agissait de Viviane.

Cela changeait la question, évidemment, surtout qu'il ne connaissait pas la maison où habitait Viviane.

Or, la maison, c'était l'essentiel de sa défense. Ils ne comprenaient pas ça non plus, restaient de bois pendant qu'il s'efforçait de leur expliquer le rôle de la maison.

— Ainsi, moi, j'en ai eu une...

Bon ! Voilà qu'il ne savait plus si c'était de l'avenue George-V qu'il parlait ou de la cabane dans le marais, où son lit, l'hiver, devenait une île « entourée d'eau de tous côtés ». Peut-être même était-ce l'appartement de la rue Chaptal où Yvonne était morte ?

— Je n'y étais plus, vous comprenez ? Celui qui y était, c'était l'autre, le successeur.

Cela non plus n'atteignait pas leur entendement. Pour eux, l'autre et lui, c'était tout un, plus exactement ils semblaient considérer, dans leur logique particulière, que l'autre n'était qu'une sorte de doublure — ils avaient dit le mot doublure comme s'ils appartenaient au monde du théâtre — *dont il continuait à être responsable.*

— Non, messieurs ! Je n'accepte pas la proposition.

Et une voix lançait derrière lui, joyeusement :

— La proposition est rejetée. Au suivant !

Seulement, le suivant, c'était encore lui. Il fallait, avec ces gens-là, s'y prendre d'une autre façon. Puisqu'ils n'étaient pas sensibles aux arguments de la raison, il essayerait de leur toucher le cœur. Cela devait être prévu, puisqu'on lui apportait tout naturellement une bouteille de vin rouge.

— Toute ma vie, messieurs, je me suis efforcé...

Pourquoi le petit Jouve, qui venait de lui servir le vin, prenait-il un air honteux, comme gêné de voir Maugin s'enferrer ?

Et c'était vrai qu'il s'enferrait. S'efforcer à quoi ?

— J'ai lutté...

Lutté contre quoi ?

— J'ai...

Quoi ? Quoi ? Quoi ? La question, échappée malencontreusement de ses lèvres, résonnait, amplifiée, comme un concert de corneilles, et tout le monde répétait, le visage sévère, avec la voix croassante des oiseaux noirs :

— Quoi ? Quoi ? Quoi ?

Cela constituait, paraît-il, la condamnation. Il fallait le croire, puisqu'on s'écartait pour laisser avancer le bourreau. C'était le Dr Biguet, en blouse blanche de chirurgien, une calotte blanche sur la tête, son stéthoscope autour du cou. Il hochait la tête en marchant et soupirait :

— Je vous l'avais dit.

— Pardon ! Vous m'avez promis soixante-quinze ans.

— Derrière, mon ami, derrière ! Pas devant !

Et, tout bas, ennuyé :

— Jouez la scène proprement, mon vieux Maugin, mon grand Maugin. Ici, on a horreur des « raccords ».

Ses yeux étaient ouverts. Il était sûr de n'avoir pas crié. Il n'avait même pas haleté, puisque Alice ne s'était pas réveillée. Il sentait dans son lit comme une menace sournoise, enveloppante, et, doucement, sans bruit, il glissa une jambe, puis l'autre, hors des draps. Elle soupira au moment où il soulageait le sommier de son poids, mais parce qu'elle n'avait pas dormi beaucoup la nuit précédente, peut-être pas du tout, son sommeil était lourd.

Il n'osait pas allumer, et pourtant la lumière l'aurait rassuré. Il cherchait à tâtons le fauteuil dans la ruelle, un ridicule fauteuil comme pour une scène de couronnement, qui datait de la même époque que le lit, noir et doré, plaqué de blasons aussi, avec une garniture de velours râpé.

Il ne dormait plus, ne rêvait donc plus. Son cauchemar était fini et se dissipait par bribes. Dans quelques instants, il ne s'en souviendrait même pas. Or, de ces visages de rêve qui commençaient à s'effacer, il y en avait un qui, au contraire, se détachait, se précisait d'une façon étonnante, celui du personnage qui se tenait à côté du juge, et il était sûr qu'il l'avait vu quelque part, qu'il avait un rapport avec des événements récents et pénibles.

Il tendait la main avec précaution pour atteindre le verre d'eau sur la table de nuit, et le même visage entra dans la vie de tous les jours, devint un grand jeune homme blond, d'un blond très clair, doré, qui portait un col à pointes cassées, une cravate blanche, un habit noir merveilleusement coupé.

C'était le consommateur accompagné de deux femmes qui, au *Presbourg*, avait tenté de s'approcher de lui pour lui réclamer des explications et que le patron avait entraîné dans un coin. Il pouvait avoir une trentaine d'années. Il était rose, bien portant, soigné comme un animal de luxe. Il devait faire du cheval au Bois, du tennis et de la natation à Bagatelle, du golf à Saint-Cloud.

Maugin sentit une vague de hargne lui monter à la gorge contre cet homme-là et contre ses pareils qui venaient le féliciter avec une familiarité condescendante les soirs de générale.

Il était à l'aise dans sa peau, lui, l'homme blond, à l'aise dans sa maison, dans la vie, à l'aise toujours, partout.

— Où es-tu, Emile ?

Dressée dans le lit, Alice cherchait le commutateur, regardait avec étonnement Maugin assis, la moue méchante, dans son fauteuil sorti d'une toile de Vélasquez.

— Qu'est-ce qu'il y a ?

— J'avais chaud. Je me suis levé un moment.

Il but un verre d'eau, lentement.

— Tu n'es pas malade ? Tu ne veux pas que j'appelle le docteur ?

— Je suis très bien.

C'était passé.

— Tu sais, petite, je ne suis pas si méchant que j'en ai l'air.

— Qui a jamais dit que tu étais méchant ?

— Moi.

— Tu es fou, Emile. Tu es le meilleur des hommes.

— Non, mais je ne suis pas non plus le plus mauvais. Un jour, si j'ai le temps, je t'expliquerai.

Les mots « si j'ai le temps » ne la frappèrent pas ; elle crut qu'il faisait allusion à ses journées trop remplies.

— Tu veux un somnifère ?

— Je n'en ai pas besoin ? Je vais dormir.

Il dormit, en effet, jusqu'au matin. Quand il n'allait pas au studio, on ne l'éveillait pas à sept heures. Il avait le temps, de son lit, d'entendre s'orchestrer les bruits amortis de la maison. Il ne sonna pas Camille pour lui apporter son petit déjeuner, mais il alla, en robe de chambre, les cheveux collés au front, dans la nursery où Mme Lampargent venait d'arriver.

Pour amuser sa femme, il fit une grimace dans le dos de la nurse, puis se rendit dans la cuisine

102

où la cuisinière détestait qu'il se serve lui-même son café « parce qu'il en répandait partout ».

Il ne pleuvait plus. Le sol n'était plus mouillé. Les trottoirs, les maisons, le ciel étaient d'un gris dur qui rappelait la Toussaint, rien n'y manquait, même pas le vent dans les cheminées.

C'était rare qu'il eût le loisir de flâner et il retardait le moment de son bain pour rester le plus possible en robe de chambre et en pantoufles.

La plupart de ses films comportaient une scène en robe de chambre, que les metteurs en scène y introduisaient parce qu'on l'y savait irrésistible. Une des malles d'osier, des trente-deux malles d'osier, dans la chambre de derrière, contenait toutes les robes de chambre qu'il avait portées à la scène et à l'écran.

Celle d'aujourd'hui était en soie épaisse, maintenue par une lourde cordelière. Il les aimait en soie, et les gens qui souriaient, dans la salle, ne se figuraient pas qu'il avait porté sa première robe de chambre à trente-deux ans, dans un sketch comique, que jusqu'à l'âge de vingt-huit ans il n'avait possédé ni pyjama ni chemise de nuit, qu'il dormait dans sa chemise de jour et que, faute de pantoufles, il glissait, pour vaquer à sa toilette, ses pieds nus dans ses souliers délacés.

Depuis, rituellement, à chaque film ou à chaque pièce, il se faisait payer une robe de chambre par le producteur ou le directeur. C'était une petite revanche. Et Perugia lui confectionnait, toujours « à leur compte », des pantoufles assorties, dont il possédait un plein placard.

De quoi l'appartement aurait-il l'air, *le lendemain* ? Oui ! enfin ! Le lendemain du jour ou de la nuit où... il valait mieux ne pas penser le mot. Est-ce qu'il y aurait beaucoup de désordre ? Alice se réfugierait sans doute dans la petite pièce, à côté de la nursery, où elle avait dormi la veille.

— Madame n'est pas visible ! répondrait Camille en prenant son rôle au sérieux.

Les journalistes entreraient quand même, et les photographes. Cette vieille garce de Juliette Cadot se faufilerait au premier rang et ce serait le moment ou jamais, pour elle, de faire payer les chaises ! Et Cadot ? Peut-être encore en deuil de sa femme ? (Il toucha du bois.) Maria, son habilleuse, trouverait tout de suite le chemin de la cuisine, où elle se servirait une tasse de café en se laissant tomber sur une chaise « à cause de ses pauvres jambes ».

Est-ce que sa sœur Hortense viendrait aussi, très digne, comme préparée par son veuvage ?

Il y avait des mois, des années, qu'il ne l'avait pas vue, et c'était aujourd'hui un temps comme pour elle. Il ne savait pas pourquoi, d'ailleurs, mais les rares fois qu'il était allé la voir à Villeneuve-Saint-Georges, ç'avait été comme on se rend au cimetière.

Il hésita. Il lui était arrivé de penser à elle dans les derniers jours et, l'avant-veille, il en avait parlé à Biguet — c'était, en effet, celle de ses sœurs que Nicou avait tripotée et qui lui avait rapporté cinq sous.

— Allô ! L'*Hôtel de l'Etoile ?* Je voudrais parler à môssieu Jouve, s'il vous plaît. J comme Jules, O comme Oscar, U comme urinoir, V comme... Excusez, mademoiselle. Je ne savais pas que vous aviez compris.

Longtemps, il avait vécu à l'hôtel lui aussi,

comme Jouve, et, à ces époques-là, il ressentait une furieuse envie d'un intérieur à lui, regardait les façades et les familles sous la lampe comme un mendiant regarde la vitrine des charcutiers.

— Oui, patron.

— Je te dérange ? Elle est encore au lit ?

— Mais il n'y a personne, patron. Je vous jure !

— Cela m'est égal.

— Pas à moi.

Il tiqua, se souvenant du tout petit incident de la veille, de la rougeur de Jouve, dans sa loge.

— Tu vas téléphoner à Weill que je n'irai pas à son rendez-vous.

— Moi non plus ?

— Vas-y si tu veux, mais ne promets rien.

— Je passe vous voir avenue George-V ?

— C'est superflu.

— Vous êtes sûr que vous n'aurez pas besoin de moi ?

— Sûr, môssieu Jouve. Je vous salue !

L'insistance du garçon était explicable, car chaque fois que Maugin lui donnait congé, c'était pour le rappeler une heure ou deux plus tard, pour le faire chercher dans tous les endroits qu'il fréquentait, parfois pour l'éveiller au beau milieu de la nuit.

— Alice !

— Oui.

— Adrien va passer la journée à la campagne avec sa bonne amie.

— Il a une bonne amie ?

— Tu ne le savais pas ? Une splendide rousse, avec des seins comme ça.

— Je ne voyais pas du tout Jouve avec une femme.

— Avec quoi, alors ? Avec un homme ?

— Peut-être.

Elle avait le visage innocent. Elles ont toutes le visage innocent. Consuelo aussi, qui le trompait avec tous les garçons à cheveux gominés et à la peau mate et qui courait ensuite se confesser dans des églises invraisemblables pour lesquelles elle avait un flair spécial, choisissant ses « directeurs de conscience » dans un de ces ordres biscornus, dont la plupart des gens ne soupçonnent pas l'existence.

Quand il se livrait sur elle à certaines fantaisies, elle prononçait sérieusement, avec son accent qui rendait la chose beaucoup plus drôle :

— C'est un péché, Emile !

Au restaurant, elle lui arrêtait la main.

— Tu vas commettre un péché mortel. Nous sommes vendredi.

Elle vivait dans un monde où le péché occupait une place considérable, où c'était une sorte de personnage et elle s'ingéniait à l'amadouer, à faire bon ménage avec lui.

Quelquefois, quand il venait de la prendre et qu'elle n'avait pas eu le temps de jouir, elle demandait :

— Fais-moi le péché, maintenant.

Le plus fort, c'est qu'elle avait fini, non par lui faire peur ou par lui donner des scrupules, mais, quand même, par le troubler, par insinuer en lui un certain sentiment de culpabilité.

— Le courrier est arrivé, petite ?

— Je l'ai mis sur le bureau de Monsieur.

Yvonne Delobel, elle, lui avait inculqué la notion

de volets verts. Ce n'était pas grave. N'empêche qu'après l'une et l'autre il n'était plus tout à fait le même homme.

Le péché, les volets verts, cela entraînait des tas de conséquences inattendues qu'on ne voyait pas du premier coup d'œil.

En était-il de même de ce qu'il faisait, de ce qu'il disait à longueur de journée ?

Bon ! Ça y était ! Il s'était pressé, le bougre ! Un large faire-part, avec sa bande noire qui tachait les mains, la petite croix gravée, et toute une ribambelle de noms, des Aupin, des Legal, des Pierson, des Meurel...

« ... Ses *père*, *mère*, *sœurs*, *frères*, *cousins*, *cousines*, *petits-cousins*... »

Quel serait le palmarès, pour lui ? Pas Cadot, certainement. On n'aurait pas ce culot-là. Ni la mère Cadot, à plus forte raison. Il y aurait Alice et Baba, puis...

Ce n'était pas une si mauvaise idée d'aller dire bonjour à Hortense, mais il faudrait prendre son bain tout de suite, payer un taxi jusqu'à Villeneuve-Saint-Georges, ou alors passer près d'une heure dans le métro. Il préférait errer dans l'appartement, en les regardant agir les unes et les autres. Toutes, y compris Alice, étaient gênées par sa présence, par le fait qu'il était inoccupé, qu'il se campait au beau milieu d'une pièce pour les voir travailler.

— Tu ne t'habilles pas ?

— Tout à l'heure.

— Je croyais que tu avais un rendez-vous ?

— Je l'ai décommandé.

— Tu te sens bien ?

— Admirablement.

Il joua avec la petite, devant Mme Lampargent qui prenait un air pincé. C'était curieux que sa sœur Hortense, qui avait montré son derrière à tous les garçons du village, soit devenue la dame respectable qu'elle était à présent. Par quoi elle avait passé, il ne le savait au juste, mais il savait qu'elle avait été bonne à tout faire chez un libraire et laveuse de vaisselle dans un restaurant.

Aujourd'hui, c'était Mme veuve Rolland, qui habitait la plus grosse et la plus solide maison de Villeneuve, une maison de pierre, du siècle dernier, avec des grilles autour du jardin, solide et sombre comme un coffre-fort.

Le portrait de Léon Rolland, le feu mari, de son vivant mandataire aux Halles, et qui portait de grosses moustaches, vous guettait dans toutes les pièces, entouré d'une cour d'inconnus et d'inconnues de plus petit format, tous du côté Rolland ou Bournadieu. (La mère de Rolland était une Bournadieu, d'Agen.)

Hortense n'en avait pas moins gardé le contact avec ses sœurs et c'est par elle qu'il avait appris ce qu'elles étaient devenues.

— Pas une qui ait mal tourné ! proclamait-elle fièrement. Et pas une qui soit dans la misère !

— Peut-être que notre père et notre mère en ont assez fait pour purger plusieurs générations ?

— Je ne te permets pas de parler ainsi, devant moi, de nos parents.

Elise, la plus jeune, qui marchait à peine quand il était parti, était la femme d'un patron pêcheur de La Rochelle.

— Ce qui la désole, c'est de n'avoir pas d'enfants. Ils sont heureux quand même. Ils se sont fait construire une jolie maison dans le quartier de la Genette.

— Et Marthe ?

Elle tenait une crémerie, à Lyon. Comment elle avait abouti à Lyon, Hortense aurait probablement pu l'expliquer, mais il ne tenait pas à le savoir.

— Un de ses fils va venir faire sa médecine à Paris.

— Sans doute passera-t-il me voir ?

— C'est naturel, non ? Tu es son oncle !

Ce mot l'ahurissait, lui faisait presque peur, lui donnait un peu la même sensation d'enlisement, de glu, que son lit la nuit dernière.

— Quant à Jeanne...

Car il y en avait encore une, mariée à un colon, au Maroc, et il n'était pas trop sûr qu'elle ne fût pas arrivée là-bas par le chemin des maisons de tolérance.

— Tu vois que tu n'as pas à rougir de la famille. Tout le monde ne peut pas être acteur.

Il n'irait pas voir Hortense ce matin, c'était décidé. Il n'avait envie de rien, que de grogner tout à son aise, et il alla grogner un peu dans la cuisine avant d'en être chassé par le grand nettoyage du samedi.

Il y a des jours, comme ça, où tout est immobile, où tout paraît éternel — ou inexistant. Au fond, cela vaudrait mieux : inexistant !

— Je crois, Emile, qu'il serait temps que tu t'habilles. En tout cas, si tu as toujours l'idée de m'emmener déjeuner en ville.

Elle lui souriait comme à un grand enfant, et c'était elle, la pauvre, qui avait à peine vingt-deux ans, qui commençait tout juste la montée.

— Allô ! Le *Café de Paris ?* Vous me retiendrez une table pour deux, dans le fond. La banquette. Ici, Maugin... Maugin, oui. Merci, petit.

Ce n'était pas pour faire plaisir à Alice qu'il l'emmenait au *Café de Paris*, car elle n'aimait pas ces restaurants-là. Lui non plus. Il en avait assez du *Maxim's*, du *Fouquet's*, d'*Armenonville*, où on rencontre toujours les mêmes types, qui ont l'air de tourner en rond comme des chevaux de bois.

Seulement, de temps en temps, cela lui faisait du bien, justement, d'aller les regarder sous le nez pour voir comment ils étaient bâtis. Du bien ou du mal. Cela le mettait en rogne. Mais peut-être qu'un jour il finirait par attraper leur truc ?

Il y avait des années qu'il les observait et il n'en avait pas encore vu un seul éclater de rire — ou éclater en sanglots — en se regardant dans la glace ou en regardant les copains.

Car c'était une sorte de gang. Lui, on le laissait entrer, s'asseoir, grogner, jouer son bout de rôle, et on venait même lui serrer la main.

— Comment ça va, Emile ?

Ou bien :

— Pas mal, dis donc, ton film, celui avec le machin, le chose, le type qui se jette à la flotte... Tu as trouvé le filon, toi !... On te voit à Longchamp ?

Il avait envie de répondre :

— Non, môssieu ! Je ne vais pas à Longchamp, moi ! Je suis un honnête homme, moi, et un honnête homme, ça travaille ! Je suis un couillon, moi, môssieu, à qui il arrive encore de croire à ce qu'on lui raconte. Et je souris poliment à la bonne dame...

Pardon, monsieur le juge... Bonjour, monsieur le ministre... Mes excuses, mon cher maître...

» Ce n'est pas vrai, je n'y crois pas.

» Seulement, moi, môssieu, j'agis comme si j'y croyais.

» Moi, môssieu, cela me gêne de ne pas y croire.

» Ou de ne plus y croire tout à fait.

» A moins que ce soit d'y croire un peu.

» Et, depuis des années, j'attends de voir si, des fois, un de vous autres ne va pas se sentir mal à l'aise et manger le morceau...

Suffit ! C'était idiot ! Il était grand temps de boire les deux verres de vin auxquels il avait droit. Il était en retard sur l'horaire.

Il ouvrit la porte de la salle de bains de sa femme et, de trouver celle-ci dans la baignoire, cela lui donna des idées. Seulement, elle n'aimerait pas ça alors qu'elle avait à s'habiller pour déjeuner en ville. Il n'avait pas envie de Camille. La veille, il en avait eu pour des heures à être imprégné de son odeur, et c'était exact que les rousses sentent.

— Tu t'habilles ?

— Oui, je m'habille. Je m'habille, petite !

Pour lui faire plaisir. Il faisait des quantités de choses pour être agréable aux gens, puis, après coup, leur en voulait.

« — Couillon ! »

Il se mit à siffler, retira son pyjama pendant que l'eau coulait dans son bain.

— Le téléphone, monsieur.

— Qui me demande au téléphone ?

— M. Jouve.

Il y alla, tout nu, le ventre en avant, n'eut pas la chance de rencontrer Mme Lampargent.

— Comment ? Si je ne veux pas déjeuner ? Dis à Weill que je déjeune avec *ma femme*. Non, monsieur. Avec ma femme toute seule et non avec elle et M. Weill. On ne se mélange pas, nous. Salutations.

C'était toujours ça, car Weill était justement un des types auxquels il pensait un peu plus tôt.

C'était amusant de s'habiller tous les deux en même temps, les deux salles de bains ouvertes, et il jouait à se façonner des masques grotesques avec de la mousse. Alice riait.

Elle lui noua sa cravate. Elle portait un joli tailleur noir qui la rendait toute jeunette et ce fut encore plus charmant quand elle souleva Baba pour l'embrasser avant de partir.

Ils prirent un taxi, à l'angle des Champs-Elysées. Un peu de jaune, dans les nuages, laissait l'espoir que le soleil existait encore quelque part et qu'il reviendrait.

— *Café de Paris.*

— Bien, monsieur Maugin.

— Votre table est retenue, monsieur Maugin.

— Par ici, monsieur Maugin.

— Salut, Emile !

— Bonjour, toi...

Il atteignait la table, toujours la même, au fond, d'où il pouvait voir la salle entière. Alice s'asseyait la première, tandis qu'il marquait un temps avant de s'installer, immense, regardant de haut en bas autour de lui.

On repoussait enfin la table devant eux comme pour les enfermer.

— Qu'est-ce que tu as ?

Alice ne voyait pas la carte que le maître d'hôtel

lui tendait, mais fixait au-delà un point précis dans la salle, un couple, qui déjeunait, une fort jolie femme, qui le savait, qui se savait parée à la perfection, jusqu'au moindre diamant, et un grand jeune homme aux cheveux dorés qui lui parlait à mi-voix, un sourire au coin des lèvres, en les observant à travers l'espace.

C'était le type du *Presbourg*. Et de son rêve.

6

Il n'aurait pas osé espérer qu'elle serait si brave ni surtout que son premier geste serait de poser sa main gantée sur la sienne. Il comprit qu'il lui fallait un effort pour fermer les yeux et, pendant un assez long moment, elle garda les paupières très serrées, les traits immobiles, avec seulement une palpitation des narines, un frémissement du coin des lèvres.

Maintenant, c'était passé : elle regardait le maître d'hôtel, même si elle ne le voyait pas ou le voyait flou.

— Si je peux me permettre une suggestion, madame, je vous conseillerais un léger soufflé suivi d'une caille sur canapé.

— Tout à l'heure, grogna Maugin, la voix rauque, avec un geste expressif de la main.

— Madame ne prendra pas un cocktail, en attendant ?

— Foutez-nous la paix !

Les deux mains, sur la banquette, changeaient de

position et la grosse patte de Maugin couvrait la main toujours gantée d'Alice, la caressait doucement. C'était une façon, au milieu de cette foule, de parler à sa femme. C'était une façon, aussi, pour lui, de s'astreindre à un calme relatif. Il respirait fort, attendait que son souffle fût plus régulier pour, de sa main libre, commencer à repousser la table.

— Je vais lui casser la gueule !

— Je t'en supplie, Emile ! Pour moi !

Elle lui était reconnaissante de lui avoir fait grâce des questions. Il ne lui avait pas demandé :

« — C'est lui ? »

Il n'avait pas eu besoin d'un dessin pour comprendre. Le couple, en face, s'occupait toujours d'eux. Le menton posé sur ses doigts repliés, l'homme parlait, regardant Maugin et sa femme de ses yeux mi-clos, à travers la fumée de sa cigarette, et, au pli moqueur, un peu méprisant de ses lèvres, à la façon dont il laissait tomber les syllabes, on pouvait presque reconstituer son discours.

Ils n'étaient pas sur le point de partir. Ils n'avaient mangé que les hors-d'œuvre et on leur apportait une bouteille de chambertin. Il était impossible de rester ainsi, tout le temps d'un repas, avec Alice qui tremblait, ne savait pas où poser le regard, gardait Dieu sait à quel prix, sur le visage, un sourire de bonne compagnie.

— Maître d'hôtel !

Il employait sa grosse voix, comme s'il était en scène, se dressait de toute sa taille, bousculant la table qui l'emprisonnait et que le maître d'hôtel ne retirait pas assez vite à son gré.

— Viens, petite.

— Vous ne déjeunez pas, monsieur Maugin ?

— Je ne peux pas manger avec, devant moi, des têtes qui me coupent l'appétit.

C'est à peu près au milieu de la salle qu'il avait prononcé ces mots, en détachant les syllabes, en donnant son poids à chacune, et, alors que tout le monde avait les yeux fixés sur lui, Maugin le faisait exprès de regarder le blondinet bien en face. Il marquait un temps, pour lui permettre de réagir s'il en avait envie, puis, comme l'autre ne bougeait pas, il faisait passer sa femme devant lui et se dirigeait vers la porte.

Le gérant l'y rejoignait, ému.

— J'espère, monsieur Maugin, que rien, chez nous, ne vous a déplu ?

— Seulement un galapiat à qui j'aurai sûrement tiré les oreilles avant longtemps.

Pour une fois qu'il invitait sa femme à déjeuner en ville en tête à tête !

Avenue de l'Opéra, il lui tenait la main sur l'épaule d'un geste protecteur, et il avait toujours son souffle court et chaud de grosse bête furieuse.

— C'est un mufle !

Quelques pas.

— Un galapiat !

Quelques pas encore et il la regardait en coin, la voyait toute blanche, prête à défaillir.

— Excuse-moi, petite. Je ne devrais pas te dire ça !

— Ce n'est pas pour lui.

— Pour qui, alors ? Comment, ce n'est pas pour lui ? Qu'est-ce que cela signifie ?

— Que ce n'est pas à cause de lui que j'ai mal.

— A cause de qui ?

— De toi.

— Comment, de moi ? Qu'est-ce que j'ai fait, moi ?

Il s'était arrêté au milieu du trottoir et les passants qui le reconnaissaient se retournaient sur eux.

— Viens, Emile. Je me suis mal exprimée. C'est à toi que cela fait mal. Et c'est parce que cela te fait mal...

Il était trop ému, tout à coup, pour continuer sur ce sujet.

— Il faut quand même que nous mangions. Entrons ici.

C'était le premier restaurant venu, à la façade peinte en vert, dans une rue transversale. On les plaça près de la fenêtre et il poussa vers sa femme la carte polycopiée.

— Commande.

Jadis, quand il avait timidement parlé de l'épouser et de reconnaître l'enfant qu'elle attendait, elle avait longtemps refusé, puis, enfin, avait posé une condition.

— Promets-moi que tu ne chercheras jamais à savoir qui c'est.

— Et toi ? Tu ne chercheras pas à le revoir ?

— Jamais.

Il n'en avait plus été question. Il y avait pensé, parfois, surtout les derniers temps, surtout quand il jouait avec Baba et qu'il lui faisait des grimaces, mais l'homme n'en restait pas moins comme théorique et il évitait de lui donner une forme concrète.

La forme concrète, il l'avait, à présent !

— Qu'as-tu commandé ?

— Des tripes.

Elle arrangeait son maquillage, comme pour se

faire un nouveau visage, comme on se lave les mains après avoir touché des mains sales.

— Tu vois, Emile, tu aurais mieux fait de déjeuner avec Weill.

On l'avait placé dans un courant d'air, évidemment, et des pardessus qui sentaient le chien mouillé lui pendaient le long des épaules.

— Tu es sûre, Alice, que cela ne t'a pas fait de chagrin ?

— Pas pour moi.

— Tu savais ?

— Je n'avais pas d'illusions.

Ce n'était pas dramatique. C'était sale, de cette petite saleté de tous les jours qui rapetisse les gens et la vie. L'autre, qui déjeunait avec une jolie femme — ce n'était sûrement pas la sienne —, avait dû dire en les voyant entrer, en voyant l'énorme silhouette de l'acteur qui traversait la salle, traînant tout l'air avec lui :

« — Tiens, le cocu ! »

Du bout des dents, comme on mordille, comme on crache un petit morceau de bois. La veille pour se rendre au studio, Maugin portait un complet croisé, bleu marine ; il ne serait pas passé inaperçu, même dans ce costume, mais il aurait été moins voyant qu'avec le veston de tweed à grands carreaux qu'il avait choisi ce matin. Peut-être avait-on dit :

« — Le clown ! »

Il le faisait exprès d'en avoir l'air. Quant aux cocus c'était presque sa spécialité, c'était de sa carrure, de son âge, et il les jouait sans cesse à la scène et à l'écran. Il les jouait même de telle sorte qu'il avait créé une nouvelle tradition, que le cocu avait

117

cessé d'être simplement comique et, qu'entre deux éclats de rire, on voyait des gens se moucher dans la salle.

Alice se figurait-elle que c'était pour ça qu'il avait voulu casser la gueule au galapiat ?

« — Deux mois avant qu'il se marie, je couchais avec la gamine qu'il a épousée. »

Peut-être avait-il ajouté des détails intimes ? Allez donc ! Va jusqu'au bout, petit saligaud de luxe ! Entre les hors-d'œuvre et le coq au vin, le temps de griller une cigarette et de finir le verre de château-yquem.

« — Comme sa fille est née après six mois de mariage... Calcule ! »

Mais oui ! Montre tes jolies dents ! C'est tellement rigolo !

Même ici, pour faire du genre, on leur servait les tripes sur des petits réchauds individuels, qui étaient en cuivre au lieu d'être en argent.

— Mange ! commanda-t-il.

Il oubliait que c'était lui qui aimait les tripes.

— Je vais essayer.

Il avait encore besoin de se retenir, car l'envie le prenait par bouffées de laisser sa femme ici un moment, de retourner au *Café de Paris* et de saisir par la peau du cou ce freluquet qui venait, en si peu de temps, de bouleverser tant de choses.

— Tu m'accompagneras au théâtre, cet après-midi.

— Je ne peux pas, Emile. C'est le jour de sortie de Mme Lampargent.

— Tu lui téléphoneras, d'ici, que tu ne peux pas rentrer avant ce soir.

— Tu sais comme elle est.

— Bon ! Je vais lui téléphoner moi-même.

Il y alla tout de suite, traversa la petite salle où il paraissait démesuré. Elle continuait à le voir, par la porte vitrée de la cabine, qui parlait d'un air buté.

Elle n'avait pas pleuré, et il lui en était reconnaissant. Il trouvait ça très bien. Il revenait, mystérieux, après avoir parlé dans un coin à la serveuse au tablier douteux, et, un moment plus tard, on leur apportait une bouteille de vin du Rhin qu'elle préférait.

— A notre *santé*, petite !

Comme tout à l'heure, elle serra les paupières très fort. Il ajouta en lui cherchant la main :

— A Baba !

Sa voix avait molli sur la dernière syllabe. Il ne fallait pas. C'était bête. Il se secouait.

— Tout ce qu'il mérite, c'est, quand je le rencontrerai, le plat de la main sur la figure.

Il aurait aimé la faire rire. Il savait qu'on reviendrait là-dessus, bien des fois sans doute, mais, pour le moment, on devait éviter d'en parler, d'y penser.

— Je t'ai dit que Viviane était morte ?

— Viviane ?

— La femme de Cadot.

Il faillit, pour la distraire, lui raconter la véritable histoire de Cadot, mais il se rendit compte à temps qu'elle n'était pas drôle.

— Sais-tu, Alice, que je crois bien que je t'aime ?

Alors, ils s'apercevaient tous les deux en même temps qu'il ne lui avait jamais dit ça sérieusement. Ils étaient mariés depuis près de deux ans et il n'avait jamais été question de leur amour. Dans le

Midi, avant la naissance de Baba, ils vivaient comme de bons camarades, comme, plus exactement, étant donné leur différence d'âge, un oncle et une nièce. Parfois, d'ailleurs, il s'amusait à dire aux gens :

— Ma nièce !

Il s'était trouvé embarrassé, à Paris quand elle était venue le rejoindre avec l'enfant, ne sachant quelle chambre lui donner, car la pièce voisine de la nursery était étroite et ouvrait sur la cour.

— Il faut vraiment que j'aie une chambre ? avait-elle demandé.

Elle avait été plus longue à s'occuper des domestiques, qui l'impressionnaient un peu.

— Maria va être heureuse de te voir et vous pourrez bavarder toutes les deux, pendant que je serai en scène.

Il s'efforçait de lui présenter ça comme une distraction.

— Bois, petite. Il n'est pas bon ?

Il en buvait aussi, bien qu'il n'aimât pas le vin blanc. Il avait été sur le point de se commander une carafe de gros rouge, mais elle aurait pu se méprendre, croire qu'il buvait pour une autre raison.

C'était elle qui, de temps en temps, regardait l'heure.

— Il faut que nous nous dépêchions, Emile.

Drôle de déjeuner. Ils n'étaient ni l'un ni l'autre dans la vie de tous les jours. Ils avaient l'impression d'être en voyage, de prendre un repas dans une ville inconnue, et cela continuait à leur sembler étrange de sortir de ce restaurant et de monter dans un taxi.

120

Il avait promis de ne pas lui demander le nom de l'homme et il ne le lui demanderait pas, même à présent qu'il connaissait son visage. Pour le savoir, il suffirait de questionner le maître d'hôtel du *Café de Paris*, ou le barman du *Presbourg*. Maugin avait dû le rencontrer maintes fois sans lui prêter attention.

— Il va neiger ! prononça-t-il avec conviction.

Et c'était tellement inattendu, tellement contre toute évidence, malgré la blancheur glauque du ciel, qu'Alice le regarda et faillit éclater de rire.

— Pauvre Emile !

— Pourquoi pauvre ?

— Parce que tu as des tas de gens sur les épaules et que personne n'essaie de t'épargner de la peine.

— Qui est-ce qui me fait de la peine ?

— Même moi !

— Tu trouves que nous avons l'air fin à prendre des allures de catastrophes à cause d'un petit crétin qui faisait le beau au restaurant ? Chauffeur ! Eh bien ! Chauffeur...

— Quoi, monsieur ? Vous m'avez dit au théâtre...

— A l'entrée des artistes.

Un chauffeur qui ne l'avait pas reconnu, qui le regardait payer avec indifférence, préoccupé seulement du pourboire.

— Salut ! cria-t-il au concierge en passant devant la loge vitrée.

S'il avait le malheur, d'ici ce soir, de boire seulement une bouteille de vin, il ferait un monde de cette histoire-là. Il savait même, d'avance, tout ce qu'il penserait. Au fond, il le pensait déjà, mais pas de la même façon, sans prendre les choses au tragique.

— Devine qui je t'amène, Maria ?

— Oh ! *madem*... madame Maugin !

— Tu peux l'appeler Alice comme avant, va !

— Ce que vous avez changé !

— Changé ? grogna-t-il.

— Je veux dire qu'elle est devenue plus fine, plus dame. Il ne faut pas que j'oublie de vous dire, monsieur Emile, qu'on vient à l'instant de téléphoner pour vous.

— Qui ça ?

— M. Cadot.

— Encore ?

— Il s'excuse de ne pas passer vous voir, mais il espère que vous comprendrez.

— J'aime mieux ça.

— Il a besoin de savoir si vous comptez assister à l'enterrement parce que, dans ce cas, il retiendra une voiture de plus.

— Un second corbillard ?

— Tais-toi, Emile !

— Bon ! S'il rappelle, dis-lui que je regrette, que j'aurais adoré ça, mais que mon docteur me défend d'assister aux enterrements à cause de mon cœur.

Et comme sa femme le regardait, surprise, inquiète :

— C'est une blague, bien entendu.

— Il m'a semblé, ce matin, te voir prendre des comprimés.

— Pour la voix.

Le peignoir sur les épaules, il se maquillait, en pensant que l'après-midi serait long, puis qu'il faudrait dîner, qu'il y aurait encore la soirée à passer. Allait-il garder Alice avec lui tout ce temps-là ?

Il voulait éviter de la laisser seule, mais ils ne pensaient pas moins à la chose, chacun de son côté, et il faudrait qu'ils finissent par en parler.

— En scène dans dix minutes, monsieur Emile ! vint annoncer le régisseur.

Ce fut en scène, vers la fin du premier acte, alors qu'il était entouré des cinq dactylos, qu'il se rendit compte de la gaffe qu'il avait commise en voulant être malin. Il avait amené sa femme ici pour lui changer les idées, pour l'empêcher de penser à l'autre. Bon !

Or, c'était au théâtre, plus que probablement, si on s'en rapportait aux dates, qu'elle avait connu ce type-là, quand elle jouait une des cinq dactylos.

C'était sans doute un soir qu'il l'avait attendue à l'entrée des artistes qu'il lui avait fait un enfant.

— Crétin !

— Pardon ?

Il renchaînait, jouait plus bourru que d'habitude, mâchant des phrases. Cela n'avait aucune importance. Cela arrivait qu'on expédiât la matinée en vitesse, par-dessus la jambe, surtout le samedi.

Qu'allaient-ils faire le lendemain, et les jours suivants ? Et cette nuit, quand ils rentreraient, quand elle ouvrirait la porte de la nursery pour embrasser Baba ?

— Tu n'as pas l'air dans ton assiette, lui dit Lecointre, après le baisser du rideau.

Il avait connu Lecointre entre vingt et trente ans et c'était le seul de cette époque-là à s'être accroché à lui, humblement, avec tant de discrétion que Maugin lui trouvait toujours une utilité dans ses pièces, parfois une figuration ou quelques répliques dans ses films.

Il avait un visage de famine, d'un blanc crayeux, des yeux cernés jusqu'au milieu des joues. Il s'était mis au vin rouge, lui aussi, mais évitait d'entrer dans les bistrots où Maugin se trouvait.

Il finirait clochard. C'était le genre d'homme à ça. Sans son camarade, il coucherait déjà sous les ponts et il lui arrivait de passer la nuit dans un commissariat, calme et poli, de sorte qu'on évitait de le bousculer.

— Le foie ? questionna-t-il en se glissant à sa suite entre les portants.

— Je n'ai jamais eu mal au foie.

— Tu te souviens de Gidoin ?

— Celui qui...

— Chut !

— Celui qui devait nous graver de faux billets de banque ? reprit-il à voix haute. Et puis après ? Du moment que nous n'avons pas réussi et que nous ne les avons pas mis en circulation ?

— Pour toi, ça n'a peut-être pas d'importance, mais, moi, je suis parfois en contact avec la police. Je te disais... Ah ! oui, nous parlions de toi, la nuit dernière, avec Gidoin...

— Il vit encore ? Il lui reste quelques lambeaux de poumons ?

Car leur camarade Gidoin se plaignait déjà, à vingt-cinq ans, d'avoir « les poumons entièrement rongés ». A l'appui de ses dires, il exhibait ses radiographies comme il l'aurait fait de diplômes. Les pommettes roses, il toussait, plié en deux, se tenant le ventre à pleines mains.

« — Moi qui ne ferai pas de vieux os... »

124

— Il a un petit atelier, au fond d'une cour, rue du Mont-Cenis. Il grave des vues de la place du Tertre et du Sacré-Cœur et les vend de table en table dans les cafés. Il n'en a plus pour longtemps et il aimerait te voir. Il n'ose pas venir te déranger. Il ne descend plus de la Butte. Si tu voulais, un soir...

Ils étaient arrivés près de la loge et Maugin tendait l'oreille, son front se rembrunissait, il reconnaissait la voix de Jouve, celle d'Alice, et tous deux avaient l'air de s'entretenir presque gaiement.

— On verra ça, dit-il distraitement à Lecointre. Excuse-moi.

Il tourna le bouton sans bruit, poussa le battant. Jouve, appuyé à la table de maquillage, les bras croisés, une cigarette aux doigts, avait une animation que Maugin ne lui connaissait pas, se montrait à son aise, presque pétillant, sans trace de timidité.

Quand il regarda sa femme à son tour, elle avait eu le temps, si c'était nécessaire, de prendre une contenance.

Ce qui le frappait le plus, c'était l'atmosphère cordiale, quasi familiale, qui régnait, avec Maria, elle-même plus gaie que d'habitude.

Le temps qu'il entre et c'était comme si sa masse chassait de la pièce cet air léger. Ils se figeaient, tous les trois, le petit Jouve décollait ses fesses de la table, laissait pendre les bras, Maria allait prendre dans le placard la perruque de forçat.

— J'ai une proposition ferme de Weill, patron, beaucoup plus avantageuse que celles qu'il a faites jusqu'ici. Il rachète votre contrat à la Société Siva et vous en signe un autre, de trois ou de six ans, pour un nombre de films que vous fixerez vous-même.

125

— C'est de cela que tu t'entretenais avec ma femme.

— Je...

Elle venait à la rescousse.

— Il me disait qu'il avait découvert un théâtre de marionnettes, tu ne devinerais jamais où ?

Il n'avait pas envie de le savoir. Il ne s'occupait pas de marionnettes. Avaient-ils aussi parlé de la femme rousse avec qui son secrétaire était censé passer le week-end ?

— Tu répondras à Weill que je ne signe rien du tout.

— Il n'est pas pressé. Il tient à vous voir personnellement avant que vous preniez une décision.

— Il ne me verra pas, et ma décision est prise.

Pourquoi, sur ces derniers mots, sa voix s'était-elle enflée et pourquoi prenait-il un ton dramatique pour ajouter :

— Compris ?

On aurait dit qu'il les défiait, sa femme aussi bien que le petit Jouve et que l'habilleuse, qu'il défiait Weill par la même occasion, et d'autres, tout un monde grouillant, visible pour lui seul.

— Bouteille !

Il s'impatienta parce que Maria jetait un regard interrogateur à Alice et que celle-ci avait l'air de répondre :

— Donnez-la-lui.

C'était encore plus difficile, plus compliqué que dans son rêve. Et le pis, c'est que c'était sans cesse à recommencer.

En verrait-il jamais la fin ? Il était heureux, tout à l'heure, presque heureux, dans le restaurant dont il ne savait même pas le nom, à boire du vin du

126

Rhin avec Alice, à poser délicatement sa grosse patte sur la main de sa femme, pour lui faire sentir qu'il était là, qu'il la protégeait, qu'il était fier d'elle parce qu'elle s'était montrée si brave.

Maintenant, il laissait peser sur la loge un regard vide, ou trop plein de choses inexprimables, et il allait à nouveau se montrer méchant ; il en avait envie.

Est-ce que, quand son amant était dans la salle — et il pensait le mot exprès —, Alice allait le contempler par le petit trou du rideau ? Toutes les débutantes font ça. Les gens des fauteuils ne voient qu'un œil, que l'intéressé reconnaît, et il sourit stupidement, statisfait d'être en quelque sorte de connivence avec le théâtre.

C'était l'autre qui avait raison : un cocu !

Un vrai ! Pas un de ses cocus à lui, qui mettait la larme à l'œil aux spectatrices. Un cocu tout bête, tout cru, qui prenait une petite fille dans son lit et qui se figurait que c'était arrivé.

La preuve, c'est qu'ils étaient plus gais, comme soulagés d'un poids, quand il n'était pas là ; que Jouve, du coup, paraissait vraiment un homme, parvenait à les faire sourire, que Maria prenait d'instinct l'air protecteur d'une vieille maquerelle émoustillée.

Il observait dans la glace sa gueule dont il soulignait les traits pour en faire la gueule de forçat du deuxième acte et, sans le grossissement indispensable du théâtre, il n'aurait rien eu à changer.

— Ça vous ferait mal de parler ?

Le mot tombait au milieu d'un profond silence, et ils en étaient gênés.

— Je lui dis que non ?

— C'est ça ! Va vite le lui dire !

— Vous n'avez pas besoin de moi, demain ?

— Pas le moins du monde.

— Dans ce cas, je me retire.

Ce mot évoqua une image obscène et il ouvrit la bouche, se ravisa à temps.

— Au revoir.

— Au revoir, la chaise. Au revoir, le mur. Au revoir, *la porte !*

— Tu l'as fait exprès de te montrer dur avec lui ?

Allait-il l'être avec elle aussi ? Pour lui demander pardon demain, bégayer au téléphone et lui envoyer une douzaine de roses ?

Il n'était qu'un vieux con — soixante-quinze ans, avait dit Biguet, qui était un connaisseur — et il n'avait qu'à se tenir tranquille.

Des types comme Lecointre et Gidoin ne faisaient pas tant de chichis, finissaient en beauté, si l'on peut dire. Avec le courant qui les emportait doucettement.

Et c'était Merlaut qui était mort, car il faut toujours que quelqu'un paie, le fils d'un herboriste d'Orléans qui se croyait doué pour le chant et qui arrivait parfois à se faufiler dans les chœurs de l'Opéra, les soirs où l'on avait besoin de beaucoup de monde.

Il était dans le coup des faux billets que Gidoin n'avait jamais réussis et avait pris ça au sérieux, s'était cru un dur, s'était fait arrêter deux ans plus tard pour traites qu'il avait signées au nom d'un de ses oncles et s'était enfin pendu en prison, avec des bandes découpées dans sa chemise.

— Envoyez la petite classe !

Il savait ce que c'était, le samedi après-midi,

quand on frappait à la porte, à l'entracte : des jeunes
filles et des collégiens qui venaient faire signer leur
album d'autographes. Il y avait des grosses filles,
des maigres, des audacieuses, des timides, il en
existait peut-être une dans le lot qui deviendrait la
raison de vivre d'un homme, peut-être aussi une
artiste comme Yvonne Delobel, d'autres qui ne
seraient rien du tout, de la figuration, ou qui iraient
tout à l'heure se faire caresser l'entre-jambe derrière une porte cochère.

Il signait, d'une grosse écriture qui, d'un mot,
remplissait la page. La porte restait ouverte. Le
régisseur passait.

— Germain !

— Oui, monsieur Emile.

— Le directeur est là ?

— Il doit se trouver au contrôle.

— Tu veux le faire appeler, vieux ?

La bouteille de cognac était sur la table ; il l'avait
reçue tout à l'heure des mains de Maria et n'y avait
pas encore porté les lèvres.

— Fini, la petite classe ! Sortez, maintenant. Il
faut que j'enlève ma culotte.

Et, comme elles avaient des regards vers Alice
et vers Maria :

— Ça, c'est ma femme. Oui ! Ma femme ! Elle
peut rester. L'autre, la petite grosse aux jambes
enflées, c'est mon habilleuse et elle a passé l'âge.
Compris ? Maintenant, filez !

Et à Maria :

— Combien de minutes ?

— Il vous en reste douze avant d'entrer en scène.

— C'est assez.

Alice, assise derrière lui, un peu de côté, le regardait dans le miroir, et chacun d'eux voyait la tête de l'autre de travers. C'était drôle. Comme ça, le visage légèrement déformé, elle avait tout à fait l'air d'une petite bourgeoise, et il aurait pu lui donner un autographe, à elle aussi.

— Je te fais remarquer que je n'ai pas encore bu, que c'est *avant* de boire que j'ai décidé de faire monter Cognat.

Il déboucha la bouteille, avala un long trait, la lança dans le panier à papier où elle continua de couler.

— Entrez, monsieur le directeur. Asseyez-vous. Pardon, il n'y a plus de chaise ; ne vous asseyez pas. Garraud va bien ?

— Je suppose. Il y a longtemps que je ne l'ai vu.

— C'est un tort. Vous devriez lui téléphoner tout de suite et le prier d'être ce soir au théâtre avant la représentation.

En trois ans, Garraud, qui était sa doublure, n'avait pas eu dix fois l'occasion de jouer le rôle de Baradel.

— Vous voulez dire que vous ne viendrez pas ?

— Exactement.

— Vous ne vous sentez pas bien ?

— Cela dépend.

— Je ne vous comprends pas.

— Si c'est en ami que vous me posez la question, je vous réponds que je ne me suis jamais senti aussi bien. Mais, si c'est le directeur qui parle, je vous enverrai, en conformité avec mon contrat, un certificat de mon médecin attestant que je suis un homme fichu.

Il adressa un clin d'œil à Alice, enchaîna, debout,

passant de l'autre côté du rideau pour enfiler son costume de forçat :

— C'est tout, mon vieux Cognat. Je pars pour le Midi. Amis ?

— Vous avez une raison ?

— J'en ai cent mille.

— Dites-moi seulement la principale.

— J'en ai marre.

— Vos films ?

— Aussi ! J'en ai marre. Cognat, et je vais faire, à cinquante-neuf ans, pour la première fois de ma vie, une chose extraordinaire : je vais me reposer.

Le directeur regardait Alice comme pour obtenir d'elle confirmation de la nouvelle.

— C'est tellement inattendu...

— Oui.

— Le public...

Il apparut dans sa tenue du deuxième acte, le visage dur et buté.

— Suis-moi, petite. Tu te tiendras sagement à côté du pompier, que je te voie.

Les gamines de tout à l'heure, les gens de la matinée du samedi ne savaient pas. Ils voyaient Maugin, Maugin dans *Baradel et Cie*.

De temps en temps, celui-ci envoyait un clin d'œil vers la coulisse où Alice se retenait de pleurer.

A certain moment, passant près de Lecointre, il annonça à voix basse :

— Je les mets !

De sorte que le vieil acteur regardait, lui aussi, Alice d'un air interrogateur. En savait-elle plus long que lui ? Qu'avaient-ils compris l'un et l'autre ?

Maugin ajoutait davantage au texte que d'habitude, avec l'air de jongler, d'envoyer vers les cintres des balles difficiles qu'il rattrapait sans effort. Au troisième acte, il se déchaîna à tel point que les acteurs ne savaient plus où ils en étaient de leurs répliques.

Sa voix enfla plus que jamais pour lancer :

« — Cette crapule de Baradel ! »

Et jamais il n'avait aussi bien réussi le dégonflage de ses joues, de tout son être, aussitôt après, pour balbutier en baissant la tête et en fixant le bout de ses souliers :

« — Pauvre vieux ! »

Il dit un autre mot. Il dit :

« — Pauvre merde ! »

Un éclat de rire, après un instant de stupeur, jaillit de la salle ; les acteurs, en scène, ne parvinrent pas tous à garder leur sérieux.

— Viens.

— Tu me fais peur, Emile.

— A moi aussi.

— Tu as vraiment l'intention de partir ?

Il pensa à l'autre, qu'elle cherchait jadis par le trou du rideau, et riposta, méfiant :

— Toi aussi, tu vas prétendre que je n'ai pas le droit de me reposer ?

— Non, mais...

— Mais quoi ?

Ils atteignaient la loge.

— Je ne voudrais pas que ce soit à cause de moi.

— Ce n'est pas à cause de toi.

— De quoi ?

Alors, haussant ses épaules monumentales, il fit une réponse à laquelle Maria se signa furtivement :

— De Dieu le Père !

Il aurait pu se baisser pour reprendre la bouteille dans le panier à papier, car il y restait un peu de cognac. Il hésita, n'osa pas et commença à se démaquiller en grognant.

DEUXIÈME PARTIE

1

Il regardait, écœuré, à dix mètres de fond, les bêtes qui se comportaient à peu près comme des vaches, dans un décor pas tellement différent de certaines campagnes. La verdure sombre ondulait, se couchait parfois comme au passage d'une brise, et la plupart des poissons restaient immobiles, à brouter ou à digérer ; certains changeaient de place, lentement, pour s'immobiliser à nouveau, reniflant parfois un de leurs semblables au passage.

C'était la population du plateau, et ceux-là n'étaient pas très gros ; leur dos était sombre, et ils ne laissaient voir un éclat d'argent que quand ils se retournaient en partie et montraient leur ventre.

Les gros étaient plus bas, dans la vallée, une crevasse étroite, claire, presque lumineuse, à cause de la coulée de sable qui en formait le fond. Différentes races y vivaient, à des étages différents, chacune avec ses manières ; les tout gros n'étaient que des ombres rapides, au ras du sol, et, un peu plus haut, d'un creux de rocher, on parvenait, en remuant convenablement l'appât, à faire sortir la tête méfiante d'un vieux congre.

Cela donnait le vertige à Maugin, lui donnait mal au cœur. Il regardait ailleurs, et le vertige persistait un bon moment. La mer était d'huile, d'un bleu épais, plaqué de doré, mais elle n'en respirait pas moins d'une vaste respiration calme, insensible, et c'est ce qu'il détestait le plus, ce mouvement lent dont, une fois à terre, il ne parvenait pas à se débarrasser de la journée et qui, la nuit, faisait encore tanguer son lit.

Le soleil était déjà haut, cuisant. La peau nue de ses épaules et de sa poitrine brûlait.

— Je crois que tu devrais éviter les coups de soleil, lui avait dit Alice.

Au début, il se détournait avec dégoût de ceux qui se faisaient griller sur la plage, se retournant comme sur une poêle quand un côté était à point, pas seulement des jeunes, des gigolos et des petites madames, mais des hommes mûrs, des vieillards, des gens qui dirigeaient de grosses affaires, avaient d'importantes responsabilités et cependant jouaient à ça le plus sérieusement du monde, avec préméditation, chaussant des lunettes spéciales qui leur donnaient l'air de pêcheurs d'éponges et s'enduisant le corps d'huile.

— J'ai trop chaud, avait-il soupiré une fois en enlevant sa chemise, avec un coup d'œil hésitant à Joseph.

— Vous aurez plus chaud la peau nue.

— Et la brise, alors ?

— Et le soleil ?

Avec le temps, il arriverait à « leur ressembler ». Que lui manquait-il encore ? Il avait déjà le bateau. Il avait Joseph, qui portait une casquette de capitaine. Il n'emportait pas encore de longue-vue à bord, mais il y en avait une à la villa, près de la fenêtre de sa chambre.

Hier, quand ils étaient rentrés au port, un peu avant onze heures du matin, il avait annoncé à Joseph :

— Pas de pêche, demain.

— Vous croyez ça, vous, monsieur Emile ?

— Je ne crois pas. Je sais. Parce que c'est moi qui décide, non ?

— Nous verrons bien, hé ?

Car ici, tout Maugin qu'il était, on le taquinait et l'on ne se gênait pas pour le mettre en boîte. De passer un jour, cela suffisait pour rompre la routine et se prouver lui-même qu'il pouvait employer son temps autrement s'il en avait envie.

Puis, le matin, il avait été réveillé par les bruits de la maison, par les bruits du dehors, par le soleil, par les mouches, par la vie qui se précipitait dans sa chambre à travers les fenêtres ouvertes, presque aussi grouillante qu'au fond de l'eau. Il n'avait pas besoin de sortir de son lit pour voir la mer, une partie des murs blancs d'Antibes, les bateaux qui sortaient du port.

— Mon café, Camille !

Ce qui lui plaisait, c'était, sans se laver, sans se raser, comme les autres, d'enfiler les pantalons en toile bleue, une chemise blanche, des espadrilles.

— L'« automobile » est en bas ?

Il avait fallu acheter une voiture aussi parce que la villa, au Cap-d'Antibes, était située trop loin de la ville pour qu'on puisse s'y rendre à pied. Par une sorte d'amour-propre, il ne disait jamais, avec une emphase ironique, que l'« automobile ».

Et le « choffeur » Arsène ! Une espèce de gouape qui avait toujours l'air de se moquer de lui et qui couchait certainement avec Camille. Il ne fichait rien les trois quarts de la journée. Personne ne fichait rien, ici, le jardinier non plus, le père Fredin, qu'on lui avait imposé en lui louant la villa, ni Joseph, qui était en train de retirer sa ligne avec un gros séran rose au bout.

Quel besoin avait-il, chaque fois qu'il prenait un poisson, de se montrer goguenard ?

— Vingt-trois ! annonçait-il. Et vous, patron ? Viens ici, petit, que je t'opère !

L'opérer, c'était lui enfoncer deux doigts dans les ouïes pour lui faire cracher l'hameçon et l'amorce, après quoi il le glissait dans le vivier qu'il remettait à l'eau.

— Pas de touche, monsieur Emile ?

— Je ne pêche pas.

— Vous faites seulement prendre l'eau à votre ligne ? Je parie que, si je la retirais, il y aurait quelque chose au bout.

Maugin la retira lui-même, persuadé qu'il n'y avait rien, et quand il la sortit de l'eau il vit un petit poisson déjà fatigué, un séran aussi, moitié moins lourd que celui de Joseph.

C'était une fatalité. Jamais, lui, il ne capturait de poissons de taille impressionnante, ou alors c'étaient des « diables », des saletés couvertes d'épines qu'il n'osait pas toucher et dont il n'arrivait pas à enlever l'hameçon.

— Vous découragez pas, monsieur Emile. Ça

viendra. Voyez M. Caussanel. Quand il est arrivé de Béziers, il y a dix ans, il ne distinguait pas un gobie d'une girelle.

Caussanel était-il plus âgé que lui ? Il se le demandait. De trois ou quatre ans, peut-être ? C'était un ancien marchand de vin en gros qui n'avait pas tellement oublié son métier puisqu'il était parvenu à refiler une barrique à Maugin.

Il était là, un peu plus loin, sous un parasol. Car il avait installé un parasol sur son bateau. Il s'asseyait sur une vraie chaise.

Tout le monde était là. C'était, dans son genre, comme la terrasse du *Fouquet's* à l'heure de l'apéritif.

On se regardait. On s'adressait de petits signes. Quand on voyait quelqu'un prendre beaucoup de poissons, on s'en approchait avec l'air de rien.

— Ça mord, par ici ?

— Pas trop.

Caussanel était plus petit que lui, moins large, mais plus gros, avec un ventre tout rond qu'il portait orgueilleusement. Non seulement on l'avait accepté comme pêcheur, mais l'après-midi on l'introduisait dans la partie de boules, à l'ombre des deux maisons roses.

Etait-ce là ce qu'il était, Maugin, en train de devenir ?

— Pourquoi ne vas-tu pas pêcher, Emile ? lui disait-on quand il traînait, grognon, dans la maison. Cela te changerait les idées.

De voir Joseph, qu'il payait plus cher qu'un ouvrier spécialisé, prendre des poissons à son nez et se moquer de lui ? De contempler le fond de l'eau où toutes ces bêtes avaient l'air plus affairées à vivre que les hommes ?

Et comme c'était fin ! Exactement comme si, de là-haut, un bon Dieu à la retraite laissait pendre des crochets invisibles avec des biftecks au bout pour attraper les humains, des bottes de foin pour attraper les vaches !

Les poissons, ça ne criait pas. Ça ne saignait pour ainsi dire pas. L'hameçon, en se retirant, faisait craquer des cartilages. Du brun sortait du petit trou de l'abdomen. Et l'on tripotait tout ça, caca compris. On maniait des vers gluants qu'on enfilait vivants, ou des bernard-l'ermite dont il fallait casser la coquille avec un marteau sur un banc de bateau, arracher les pattes, la tête, ne garder que la panse rose.

L'odeur aussi, les jours comme aujourd'hui, sans un souffle de brise, lui donnait la nausée. Le bateau puait. Ses mains puaient. Il avait l'impression que même le vin blanc, dans la bonbonne qu'on laissait tremper le long du bord pour le rafraîchir, sentait la marée et les vers.

C'était inutile d'annoncer à Joseph qu'il ne viendrait plus. Que ferait-il d'autre ? Il pouvait voir sa villa, là-bas, parmi le vert épais des arbres, celle dont le toit était entouré de balustres blancs et dont les fenêtres étaient ouvertes. Parfois un petit personnage venait s'agiter dans le cadre d'une de ces fenêtres et c'était à peu près comme de voir les poissons mettre le nez à leur trou de rocher.

— On rentre ? annonça-t-il.

— Deux minutes, que j'attrape celui que je sens au bout de ma ligne.

On n'avait que faire de tout ce poisson-là. La plupart du temps, la cuisinière le jetait, car le Cap-d'Antibles n'est pas un endroit où l'on donne sa pêche aux voisins. Est-ce qu'il en avait, des voisins ? Il ne savait même pas leur nom. On en parlait d'après les inscriptions : « Villa del Mar », à droite ; « Les Marguerites », à gauche.

— Vous voulez me passer la bonbonne, monsieur Emile ?

Ils buvaient au même goulot ! Joseph, pourtant, ne le touchait pas de ses lèvres, élevant la bonbonne fort au-dessus de sa tête, la penchant juste dans le bon angle et laissant couler le liquide au fond de sa gorge.

Maugin en était même arrivé à boire du vin blanc, un vin épais et lourd, moins écœurant malgré tout que du vin rouge qu'on a trimbalé pendant des heures au soleil. Il avait essayé le rouge et l'avait vomi.

C'était sous le crâne que ça lui tapait, le vin ou le soleil, ou la mer, et il lui arrivait de regarder celle-ci avec haine, et parfois avec une vague terreur, à cause de tout ce qu'il y découvrait. (Les fleurs qui mangent des petits poissons par exemple.)

Il aurait mieux fait de ne la voir que comme sur les cartes postales, de la Croisette, à Cannes, ou, à Nice, de la Promenade des Anglais, avec des palmiers rassurants, des lampadaires, et des balustrades, sans jamais constater de près que c'était un monde encore plus compliqué que le nôtre, plus féroce et plus désespéré.

Est-ce que les gens ne s'en rendaient pas compte ? Pour Caussanel, par exemple, ce n'était qu'une question de poids. Il emportait une balance romaine dans son bateau, de sorte qu'il pouvait annoncer en arrivant au port :

— Huit livres et quart !

Quant à M. Bouton, c'était sûrement de la sénilité. Caussanel habitait une petite maison, à Antibes même, et l'on ne pouvait pas appeler ça une villa. Il avait sa femme avec lui, qui lui tenait lieu de bonne, et vivait modestement. Les Bouton, au contraire, étaient propriétaires, au Cap-d'Antibes, d'une grande villa soigneusement entretenue, un peu plus loin que chez Maugin. Lui était un tout petit homme maigre, toujours vêtu d'un complet blanc, coiffé d'un casque colonial. Il était raide comme un jouet, avec des mouvements saccadés qui faisaient penser à des jointures rouillées. Quand on le voyait avec sa femme sur la route, on avait l'impression qu'elle devait le remonter de temps en temps pour le remettre en marche.

Tous les jours, à six heures du matin, au moment où les premières cloches sonnaient à Antibes, ils sortaient du port à bord de leur bateau dont le moteur avait un bourdonnement reconnaissable, plus aigu que les autres. Ils n'allaient pas loin, toujours aux alentours de la même bouée. Assise à l'avant, Mme Bouton ne s'occupait ni du bateau, ni de la pêche, ni de la mer. Un casque de liège sur ses cheveux gris, elle tricotait, sans doute pour ses petits-enfants, tandis que M. Bouton écrasait patiemment des moules avec une grosse pierre, les répartissait entre ses paniers, qu'il jetait ensuite à l'eau, chacun d'eux attaché à un filin à l'autre bout duquel il y avait une bouée.

Lorsqu'il avait mouillé un panier, il remettait le moteur en marche, allait jeter le suivant un peu plus loin, puis le suivant encore, et ainsi de suite jusqu'à douze. Cela formait un large cercle de lièges qui flottaient sur l'eau huileuse et il recommençait le tour pour les retirer l'un après l'autre.

Il ne prenait, ne pouvait prendre que des girelles, des petits poissons brillants, rayés de bleu et de rouge, longs de quinze à vingt centimètres, bons à faire la soupe ou, au mieux, une friture pleine d'arêtes.

Mangeaient-ils chaque jour la soupe ou la friture ?

Trois fois, quatre fois, cinq fois par matin, il remplissait ses paniers avec une calme et sereine obstination, sans un coup d'œil aux autres pêcheurs, au ciel, ni au paysage, et c'était par hasard qu'on savait son nom, qu'on avait appris qu'il avait été, qu'il était encore propriétaire d'une des plus grandes filatures du Nord.

Maugin finirait-il par poser des gireliers ?

Il n'avait même pas quelqu'un à qui s'en prendre. Au début, personne ne lui avait conseillé de pêcher. C'était de son propre chef que, dès les premiers jours, il était allé rôder autour du port.

Cet idiot de Jouve lui avait dit :

— Vous devriez essayer le golf, patron.

Parbleu ! Commencer, à son âge, à frapper sur une petite balle blanche avec des bâtons compliqués qu'un gamin lui porterait dans un sac à ses initiales ! Il les voyait, quand il se rendait en voiture à Cannes ou à Nice. Des terrains d'un vert incroyable, mieux arrosés que n'importe quel potager, peignés comme des chiens de luxe, avec des petits trous, des petites pancartes et des gens qui marchaient pleins d'importance derrière la balle !

Ces gens-là aussi étaient des personnages, certains même illustres. Et il y avait le pavillon du club. Il fallait être membre du club.

Il aurait plutôt joué aux boules. Qui sait s'il n'attendait pas avec un certain dépit qu'on vînt l'y inviter ?

Il avait commencé par regarder les pêcheurs qui réparaient leurs filets, assis dans leur bateau ou sur la pierre chaude du quai, tendant les mailles à l'aide de leur gros orteil.

Puis, petit à petit, il s'était mis à examiner les embarcations, surtout celles des amateurs.

— Un tour en mer, monsieur Maugin ? lui avait proposé un type en chandail rayé qui n'était autre que Joseph.

Il n'y était pas allé ce matin-là. Le lendemain, il avait vu des hommes comme lui, en tout cas de son âge, de son embonpoint, sortir seuls du port à la barre de leur barque. Cela paraissait plus facile à conduire qu'une auto et cela traçait sur l'eau des courbes gracieuses.

— Le tour de la baie, monsieur Maugin ?

Joseph l'avait eu. Il lui avait fait tenir le gouvernail, bien entendu, et, en effet, c'était facile, c'était agréable, on entendait le glouglou de l'eau le long de la coque.

— C'est vrai que vous allez construire dans le pays ?

— Qui est-ce qui a dit ça ?

— Tout le monde. Il paraît que vous avez acheté un terrain.

Il ne l'avait pas acheté, mais il était sur le point de le faire.

— Dans ce cas, il vous faudra un bateau.

Ce qui lui avait paru évident, à ce moment-là. Parce qu'il ne vivait plus à Paris, où ses producteurs le fournissaient en voitures, il avait été obligé d'acheter une « automobile ». Pour des raisons similaires, un bateau était nécessaire au bord de la mer.

— Surtout ouvrez l'œil et ne vous laissez pas posséder !

On était passé devant la villa alors qu'Alice était à la fenêtre avec Baba et il leur avait adressé un petit signe protecteur. Puis, près d'une pointe rocheuse, Joseph lui avait lancé, l'air excité :

— Mettez vite le moteur au ralenti. La manette à votre gauche, oui. Il n'y a qu'à la pousser au second cran. Attention ! Faites un tour sur vous-même afin de repasser au même endroit...

Pieds nus, il évoluait à son aise sur l'embarcation, comme un acrobate dans les agrès, marchant sur le plat-bord sans faire chavirer le bateau, qui n'avait pas plus de cinq mètres. Il avait saisi une sorte de javelot à plusieurs dents, une foëne, qu'il brandissait au-dessus de sa tête.

— Un peu à droite... Encore... Il y a du fond, n'ayez pas peur...

Il avait lancé l'engin, dont le manche était resté en partie hors de l'eau, et, quand il était venu le retirer, après une autre évolution, un magnifique loup frétillait au bout.

— C'est facile, vous voyez. Vous le porterez à votre femme.

Il avait acheté le bateau et ils n'avaient jamais plus pris de loups. Tout l'après-midi, Joseph jouait aux boules ou, sur le quai, racontait des histoires aux touristes.

Cela coûtait cher. Jamais Maugin n'avait dépensé

autant d'argent. Il en donnait à tout le monde pour ne rien faire, et on lui en réclamait toujours davantage, toujours pour d'excellentes raisons.

Même Mme Lampargent qu'il avait fallu augmenter de cent pour cent afin de la décider à quitter Paris où elle avait une fille mariée et des petits-enfants — on l'avait maintenant à table à tous les repas, de sorte qu'il n'était pour ainsi dire plus jamais seul avec Alice !

Celle-ci, à présent, était occupée du matin au soir. C'était à croire qu'il fallait l'activité d'un régiment pour aider un seul homme à vivre.

Ils avaient une nouvelle cuisinière. Celle de Paris avait refusé de quitter la capitale.

— Sans Paris, je mourrais.

Or elle ne sortait de l'appartement qu'une fois par mois et c'était pour aller voir de la famille à Courbevoie !

Il y avait une seconde femme de chambre aussi, Louise, parce que Mme Lampargent, vivant entièrement à la maison, donnait plus de travail. Il existait une question du linge, du repassage, et une question des provisions.

— Tu vas en ville, Emile ? Cela t'ennuierait qu'Arsène s'arrête juste un instant à l'épicerie ? J'ai téléphoné la commande. Le paquet est prêt.

On envoyait Arsène à Nice pour aller chercher des choses qu'on ne trouvait, semblait-il, ni à Antibes ni à Juan-les-Pins. Il fallait conduire Jouve au train ou aller le chercher à la gare. On devait compter enfin avec les gens qu'il trouvait installés chez lui quand il revenait de la pêche.

— Allô ! Vieil Emile. Une surprise, hein ? On passait et l'on s'est dit que tu nous ferais la bouilla-

146

baisse. Tu connais ma femme. Je te présente ma belle-sœur et son mari...

Joseph triomphait.

— Est-ce que je vous avais annoncé que je l'aurais ? Et ce n'est pas un séran, celui-là. C'est une grosse bé-bête !

Cela tirait fort, en effet, en zigzags, et enfin Joseph sortait de l'eau une énorme rascasse aux yeux lugubres.

— Maintenant, monsieur Emile, vous pouvez retirer le grappin.

Car, à bord, c'était le plus souvent Joseph qui commandait. Maugin se levait, les épaules écarlates, presque saignantes, se penchait pour tirer le grappin, regardait encore une fois le paysage sous-marin auquel il adressait une grimace — en même temps qu'à son image, car il se voyait, flottant, déformé, sur le miroir de la mer — et il poussait tout à coup un juron, levait le pied, manquait de perdre l'équilibre.

— Qu'est-ce qui vous arrive ?

— Une saleté d'hameçon ! gronda-t-il.

A travers la toile des espadrilles, un gros hameçon s'était enfoncé dans son pied et, quand Joseph l'eut aidé à l'en arracher, il resta un large cercle rosé sur le tissu.

Cela se passait un mardi, à dix heures et quelques minutes du matin, le premier mardi de juin, quatre mois après leur installation au Cap-d'Antibes.

A une encablure, Caussanel, son parasol refermé, était occupé, lui aussi, à mettre son moteur en marche. Le juge, plus loin, devait être assoupi au fond de son bateau bleu. Quant aux Bouton, elle tricotait, et lui avait encore une demi-douzaine de paniers à ramasser.

Maugin n'avait pas bu plus d'un litre de vin. C'était à cause du soleil qu'il était rouge. Joseph lui avait dit :

— Je vous ai toujours recommandé de replier votre ligne avant de faire n'importe quoi.

Arsène, avec l'auto chargée de victuailles, attendait au port depuis un moment. A la villa, c'était le jour du repassage et Alice était obligée d'y mettre la main si elle voulait que les bonnes en finissent.

Il faisait chaud. La chaleur émanait plus encore de l'eau que du ciel, et la houle plate, imperceptible, qui laissait juste une frange en forme de dentelle sur les rochers du cap, lui avait donné mal au cœur.

Il ne savait pas s'il était malheureux, mais il se sentait mal dans sa peau, et, en mettant pied à terre, il s'étonna de ne pas voir Jouve, qui était sûrement arrivé de Paris, et qu'Arsène devait prendre à la gare en passant.

— M. Jouve a préféré marcher jusqu'à la villa. Ses bagages sont dans le coffre arrière.

L'« automobile » était une grosse machine américaine surchargée de chromes.

Deux fois, entre le quai et l'auto, il marqua un temps d'arrêt, et ce n'était pas à cause de son pied, qui ne le faisait pas encore souffrir. C'était une habitude qu'il avait prise, il n'aurait pas pu dire quand au juste, dès le début, sans doute, de son séjour dans le Midi. Il se sentait plus gros, bien que son poids n'eût pas changé.

Ses cuisses lui paraissaient si épaisses qu'il marchait en écartant les jambes pour qu'elles ne frottent

pas l'une contre l'autre. Comme essoufflé, il s'arrêtait de temps en temps, la bouche ouverte à la façon
des poissons.

Il avait dû faire ça, la première fois, parce que
le jardin de la villa était en pente raide. Il tenait la
tête levée pour regarder les fenêtres, où il apercevait presque toujours Baba, s'arrêtait, et cela lui permettait de souffler.

Maintenant, il le faisait n'importe où ; même en
terrain plat. Il avait pris d'autres habitudes, comme
de boire du vin blanc, non seulement à bord de la
Girelle (le nom aurait mieux convenu au bateau de
Bouton, qui avait appelé le sien l'*Albatros*), mais
au petit bar à devanture bleue, au coin du port, chez
Justin.

En réalité, il buvait moins qu'à Paris, en tout cas
pas davantage, mais il arrivait que cela lui fît plus
d'effet, et un effet différent. Peut-être à cause du
soleil, il était vite alourdi, avec des maux de tête,
une nausée presque permanente qui lui coupait
l'appétit.

Il faisait de longues siestes, dans sa chambre,
fenêtres ouvertes, poursuivi par le bruissement de
la mer et le chant des cigales, s'éveillait maussade,
et, s'il continuait à s'en prendre à tout le monde
autour de lui, c'était avec moins d'assurance, sour-
noisement, aurait-on dit, peut-être un peu honteusement.

En somme, les autres ne faisaient pas grand-
chose pour gagner leur argent, mais lui ne faisait
rien du tout.

A la pêche, Joseph, qui était né à quelques maisons du phare et qui connaissait le moindre trou au

fond de la mer jusqu'à trois milles au large, était naturellement plus malin que lui.

Arsène aussi, dans son auto.

— Vous ne croyez pas que le moteur chauffe, Arsène ?

— Non, monsieur.

— Cela sent le caoutchouc brûlé !

— C'est la route.

Tout le monde connaissait quelque chose mieux que lui.

— On n'arrose pas, aujourd'hui ?

— Inutile de gaspiller l'eau. Nous aurons un orage ce soir.

Huit fois sur dix, le jardinier, qui avait un visage de crétin, tombait juste.

— Non, monsieur, lui répondait Oliva, la cuisinière. On ne met pas de truffes dans le coq au vin.

Il était encore Maugin, bien sûr. Au port, tout le monde le regardait. Des voitures passaient au ralenti devant la villa, s'arrêtaient parfois tout à fait, et il y avait des gens qui le photographiaient. On l'apostrophait parfois, sur la place du Marché.

— Vous permettez, une seconde, monsieur Maugin ? Cela ne vous ennuie pas que ma femme et le petit posent à côté de vous ?

On ne le prenait quand même pas trop au sérieux. Caussanel lui avait dit, malin :

— C'est un chic métier ! Si j'avais su, quand j'étais jeune, que le cinéma deviendrait une industrie sérieuse... Mais, en ce temps-là, tout le monde était persuadé que c'était de la rigolade...

Et Joseph :

— Moi, ce qui m'aurait plu, c'est de passer ma

vie parmi les actrices. Ce que vous avez dû vous en farcir !

Il en parlait au passé. Et c'était presque vrai. Maugin ne dormait plus dans le même lit qu'Alice, sans que ce fût la faute de personne. Cela s'était fait parce que la villa était ainsi disposée.

Il avait rêvé d'une petite maison qu'on peut remplir de sa propre odeur et il avait fini par louer une vaste baraque style 1900, avec des tas de pièces, de recoins, de petits salons, de boudoirs — et même une salle de billard au sous-sol ! Tout cela était d'un blanc crémeux, tout, les plafonds surchargés, les balustres, la pergola, l'espèce de pont qui reliait, à hauteur du premier étage, le bâtiment principal au pavillon. Les meubles étaient riches, massifs, de lignes fuyantes.

— Si vous deviez les faire faire aujourd'hui !... avait dit avec admiration l'agent de location.

C'était là, d'ailleurs, une idée que personne n'aurait plus. Maugin n'avait pas choisi. Ils avaient vraiment besoin de toutes ces pièces-là. Cela paraissait ahurissant, mais ils s'en étaient aperçus en visitant d'autres villas vacantes.

— Où mettrons-nous Mme Lampargent ?

Car il était indispensable que celle-ci eût sa chambre à côté de celle de Baba.

— Et Jouve, quand il viendra ?

Il avait gardé Jouve. Il lui était nécessaire. Au début, il avait envisagé de le laisser la plupart du temps à Paris, d'où il ne ferait que de rares voyages dans le Midi.

Il était presque tout le temps là.

— Et le repassage ? demandait Alice à l'agent

de location. Où fait-on le repassage dans cette maison ?

— Je suppose que les gens qui l'habitaient donnaient leur linge à laver au-dehors.

Ici, on avait tout. Seulement, la principale chambre à coucher, la mieux située, comportait un lit théoriquement prévu pour deux personnes, mais trop étroit pour Maugin et Alice.

— Nous pourrons toujours faire venir le nôtre de Paris.

En attendant, Alice s'était installée dans la chambre voisine, car il n'y avait pas, dans la pièce, de place suffisante pour un second lit. Il avait pris l'habitude de faire de longues siestes, de lire des scénarios, le soir, dans son lit, en sirotant son dernier verre de vin, de vivre plus salement. Il n'avait plus parlé du lit de Paris, d'où on avait déménagé quantité d'autres objets, petit à petit, en jurant chaque fois que c'était fini.

— Dans le Midi, nous n'aurons besoin de rien.

Chaque semaine, ou presque, on recevait de nouvelles malles sur lesquelles il se jetait avidement.

Dans huit jours, s'il ne changeait pas encore d'avis à la dernière minute, le terrain serait acheté, à la Garoupe, et l'architecte commencerait ses plans dont il avait esquissé les grandes lignes.

— Attendez-moi un moment !

Il allait boire un coup chez Justin, avec Joseph qui l'attendait sur le seuil comme si c'était une obligation.

— Vous devriez emporter les poissons, monsieur Emile. Il y a au moins deux jours que vous n'en avez pas mangé. Votre femme aime ça.

Il fit poser le sac dans la voiture, pour ne pas

rentrer les mains vides. Quand il allait à la pêche ou en revenait, il s'installait à côté du chauffeur. Autrement, il occupait la banquette du fond.

Lorsqu'il descendit de l'auto, son pied commençait à lui faire mal, mais pas exagérément, et ce n'est pas à cause de ça qu'il s'arrêta deux fois en gravissant la pente. Il avait remis sa chemise. Il ne voyait ni Jouve ni sa femme, ce qui l'agaça, de sorte qu'il n'alla pas dire bonjour à Baba dont il entendait la voix sous les citronniers, tout en haut du jardin.

— Où est Adrien ?

Il était entré dans la cuisine, où Alice était occupée avec la cuisinière à orner un gâteau.

— Ne viens pas ici, Emile. Je n'ai pas vu Adrien. Je le croyais avec toi. Sors vite avec tes poissons. Monte prendre ton bain et te faire beau.

Dans l'escalier aussi, il s'arrêtait au moins une fois pour reprendre son souffle.

— Camille ! cria-t-il. Mon bain !

Il faisait moins fréquemment l'amour. C'était encore avec elle que cela lui arrivait le plus souvent. Pourtant, il la soupçonnait de coucher avec Arsène, peut-être aussi avec Joseph, et il avait peur qu'elle lui donne une maladie.

Avec sa femme, ce n'était pas le même genre de plaisir. Cela se passait sur un autre plan, dans un domaine différent. Il n'avait jamais fait l'amour avec Alice comme avec les autres.

Quant à Louise, la nouvelle bonne, il n'avait pas encore osé aller jusqu'au bout. Elle se laissait tripoter et il lui baissait même sa culotte, mais elle restait absente, le regard ailleurs, sans montrer de plaisir ou de déplaisir, de sorte qu'il était un peu gêné.

Deux fois, dans la cuisine, il avait baisé Oliva, qui avait au moins quarante ans et dont les jupons sentaient l'ail. Celle-là réagissait différemment. Elle en avait senti passer d'autres. Elle riait comme si on la chatouillait, sans se retourner, puis disait, prête à se secouer ainsi qu'une poule :

— Vous avez fini ? Ce n'est pas trop tôt. Vous auriez mangé du rôti brûlé.

Peut-être que cela lui manquait ? Il ne savait pas. Il n'y avait probablement pas que ça qui lui manquait.

Biguet, à qui il avait écrit longuement — une lettre à la main, qu'il n'avait pas dictée et qu'il avait jetée lui-même à la poste —, lui avait répondu :

« Je crois que le mieux est de continuer l'expérience pendant un certain temps encore. Il est trop tôt pour juger des résultats. »

Biguet n'avait pas paru emballé par sa résolution. Sa lettre, qu'il avait détruite, était guindée, pleine de réticences.

« Le moral, dans votre cas, joue probablement un rôle plus important que les organes. Surtout, évitez *l'ennui.* »

Il avait souligné le mot, car, lui aussi, avait écrit à la main, ce que Maugin avait apprécié.

— Qu'est-ce que monsieur a au pied ?

Il venait de se déshabiller dans la salle de bains où Camille préparait son rasoir et sa crème.

— On dirait que ça enfle, remarqua-t-il.

— Vous avez été piqué par une bête ?

— Par un hameçon.

— Vous feriez mieux de mettre un désinfectant dessus.

Il regrettait, en regardant dans la glace, d'avoir, les derniers temps, exposé son torse au soleil, car, tout nu, le bas du corps était livide, obscène.

— Est-ce que je suis dégoûtant, Camille ?

— Pas plus qu'un autre, monsieur. Les hommes, ce n'est pas à les regarder qu'on prend son plaisir.

— Ça t'arrive de prendre du plaisir avec moi ?

— Presque chaque fois. Sauf quand vous me laissez en plan.

— Tu veux maintenant ?

— J'ai du travail à la lingerie ; mais si vous faites vite...

— Merci.

— Vous êtes fâché ?

— Pas du tout. Je n'en avais pas envie non plus. Montre ton derrière, que je voie si j'ai envie.

Elle le montra, rebondi dans la culotte de jersey.

— Ça va, merci.

Cela lui faisait un peu peur, maintenant, de faire l'amour dans certaines poses, car, après un moment, il sentait une contraction dans la poitrine et était persuadé que c'était son cœur. Avec sa femme, cela arrivait chaque fois, peut-être parce qu'il y mettait plus d'ardeur, plus d'émotion, peut-être parce que, malgré lui, il était toujours impressionné, et aussi parce que la peur le hantait de ne pas lui donner de jouissance.

Elle l'aimait bien, il en était persuadé, mais probablement qu'elle l'aimait « autrement », en s'efforçant de ne pas le lui laisser voir pour lui épargner du chagrin.

Avec l'autre, le blondinet, elle s'était fait faire

un enfant, en sachant à quoi s'en tenir, et elle ne lui en voulait pas, il était sûr qu'elle ne lui en avait même pas voulu de l'incident du *Café de Paris*.

Est-ce qu'une femme l'avait jamais aimé de cette sorte, de cet amour-là ? L'envie d'un enfant de lui ne serait jamais venue à Yvonne Delobel, par exemple. Juliette Cadot n'avait pas fait le sien exprès. C'était par bêtise. Quant à Consuelo, elle le laissait à peine finir pour se précipiter dans la salle de bains où on aurait dit qu'elle ouvrait tous les robinets à la fois.

Il s'habillait en blanc comme M. Bouton, plus exactement en crème, des vêtements amples, très flous, qui, il le remarquait lui-même, lui donnaient l'air d'un éléphant.

Tiens ! L'auto revenait. Il entendait claquer la portière et il ne se souvenait pas d'avoir envoyé Arsène en ville. Le chauffeur avait dû ramener quelqu'un, car des pas grinçaient sur le gravier. Maugin achevait sa toilette, grognon, après avoir bu un verre de vin rouge, car il gardait quelques bouteilles dans le placard de sa chambre comme, autrefois, dans sa loge des Buttes-Chaumont.

— Tu es prêt, Emile ? criait Alice, au bas de l'escalier.

Il boitait. Il avait mis de la teinture d'iode sur la plaie à peine visible qui, sans doute à cause de la chaussure, le faisait un peu souffrir.

Au bas des marches, il eut l'intuition d'un grand événement inhabituel et, comme il pénétrait dans le grand salon, Baba, tout en blanc, un nœud de ruban dans ses cheveux, un gros bouquet d'œillets rouges sur les bras, s'avança en esquissant une révérence maladroite.

— Bon... Bon anniver... versaire, papa !

Alice derrière, un peu rose, avec des fleurs aussi, et un petit paquet ficelé ; un Jouve gêné, encombré d'un colis, un colis énorme ; et enfin Mme Lampargent, digne, souriante pour une fois, qui lui tendait une boîte minuscule contenant sûrement une médaille.

Il y avait plein de fleurs dans la salle à manger, un foie gras sur la table, un dîner fin, et le gâteau qu'on avait essayé de lui cacher tout à l'heure arriva garni de six bougies allumées.

Une par dizaine ! Ce furent ces bougies qui déclenchèrent le choc et il éprouva soudain le besoin de se moucher, chercha des yeux Baba qui mangeait à table pour la première fois, puis Alice dont les prunelles étaient aussi brillantes que les siennes.

Son regard glissa vite sur la vieille dame, se posa enfin sur Adrien Jouve qui baissa la tête et, juste à ce moment, il ressentit au pied droit le premier élancement.

2

Il avait beau être gros et lourd, remplir le lit de sa masse, suer le vin et l'alcool, il ne se sentait pas moins, cet après-midi-là, dans le plus secret de son être, là où la raison et le respect humain perdent leurs droits, comme un enfant faible et sans défense. Et, comme un enfant, il luttait contre le sommeil qui le gagnait par vagues, s'obstinait à épier les bruits de la maison en se demandant si « elle » viendrait l'embrasser.

Ce n'était pas l'habitude qu'elle pénétrât dans sa chambre à l'heure de la sieste et probablement, un autre jour, aurait-elle été mal reçue. Il ne lui avait rien dit pour l'inviter à venir aujourd'hui. Il ne croyait avoir laissé voir aucune tristesse. Juste le petit moment d'émotion lorsqu'il avait découvert les six bougies dont les flammes dansantes éclairaient le visage de Baba.

La fête s'était bien passée. Tout le monde avait été gentil avec lui et, de son côté, il s'était efforcé de leur rendre semblable gentillesse. On avait pris le café sur la terrasse, devant la mer, exactement comme sur les photographies de familles célèbres que publient les magazines.

La médaille de Mme Lampargent — car c'était bien une médaille — était un saint Christophe destiné à l'« automobile », il avait tout de suite appelé Arsène pour qu'il l'installe sur le tableau de bord.

Jouve avait commandé dans une maison de yachting un taud en toile blanche pour la *Girelle,* avec des montants amovibles, et le bateau, ainsi gréé, aurait l'air d'une gondole. Il y avait même des glands qui pendaient tout autour, comme aux derniers fiacres de Nice.

Jouve avait cru bien faire et s'était donné beaucoup de mal.

Quant à Alice, elle lui avait offert un objet dont il avait envie depuis vingt ans et qu'il ne se serait jamais payé, il aurait été en peine de dire pourquoi : un stylo en or massif.

Cela devait coûter un prix fou et, en fin de compte, c'était avec son argent qu'elle l'avait acheté, puisqu'elle n'avait pas de fortune personnelle. Il avait parlé avec envie, quelques semaines plus tôt, d'un directeur de journal qui avait reçu un stylo en or pour ses cinquante ans de journalisme et avait précisé, en lisant l'écho, que l'objet avait été fait par l'orfèvre Mauboussin.

— Moi, avait-il grommelé, les gens m'envoient des boîtes de cigares, parce que je ne fume pas !

Comment s'y était-elle prise ? Il lui donnait de l'argent pour le ménage, pour les domestiques, pour ses robes et ses dépenses personnelles, mais il se montrait assez regardant. Ce cadeau indiquait, en somme, que le coulage était possible et il avait préféré ne pas y penser, en bas ; il essayait, aujourd'hui, de ne penser à rien de déplaisant.

Au moment où il allait monter, Jouve avait dit :

— Je suppose que vous préférez que je vous entretienne de l'affaire Weill après la sieste ?

Ce n'était pas à cause de cela, pas tout à fait à cause de cela, qu'il avait répondu :

— Cela me rappelle qu'il faut que tu ailles à Nice avec la voiture.

Jouve n'avait rien remarqué. Alice, elle, avait été un peu gênée, comme chaque fois que Maugin s'arrangeait pour éloigner Adrien de la maison et l'empêcher de rester seul avec elle. Souvent, elle en devenait gauche, au point qu'on aurait pu lui trouver des apparences de culpabilité. Elle exagérait tellement les précautions pour ne pas se trouver en tête à tête avec le secrétaire qu'elle se mettait dans des situations équivoques.

Jouve avait sa chambre dans le pavillon, celui qu'on pouvait atteindre par le fameux pont entre les deux bâtisses. Alice, en parfaite maîtresse de maison, aurait dû aller de temps en temps s'assurer que les bonnes l'entretenaient convenablement et qu'il n'y manquait rien. Or, c'était le seul endroit où elle ne mettait jamais les pieds et quand, dans le jardin, Baba jouait de ce côté, elle s'empressait de la rappeler. Elle évitait de regarder par les fenêtres qui donnaient sur le pavillon. A table, elle s'efforçait de n'avoir pas à demander le sel ou le poivre à Jouve, et quand, prévenant, il lui offrait de l'eau, par exemple, elle préférait dire non et s'en passer.

Maugin s'était tourné vers elle.

— Ce soir, je te conduis voir mon film.

C'était le dernier film qu'il avait tourné à Paris, celui qu'il avait terminé la veille de leur départ et qu'on donnait deux jours au *Palais de la Méditerranée*.

— Si cela te fait plaisir, nous dînerons en ville tous les deux, puis nous irons au cinématographe.

— Comment veux-tu que je m'habille ?

Il avait tenu à pousser la gentillesse jusqu'au bout, puisque c'était le jour.

— En robe du soir. Cela nous permettra, si nous en avons envie, d'aller boire ensuite une bouteille de champagne au casino.

Tant pis ! Il se mettrait en smoking. Elle avait si rarement l'occasion de porter ses robes du soir !

Il envoyait Jouve retenir les places, et personne n'osait lui faire remarquer que c'était inutile, qu'il suffisait de téléphoner. Ce qui comptait, ce qui était le petit problème de chaque jour, c'est que Jouve ne fût pas dans la maison pendant sa sieste.

— Allons ! A tout à l'heure, mes enfants...

Il n'y avait rien eu d'autre. Ou, plutôt, ce qu'il

160

y avait eu, c'était en dedans de lui et Alice n'était pas censée l'avoir deviné.

Viendrait-elle quand même ? Il n'était pas nu comme les autres après-midi et il avait endossé un pyjama propre. Il avait même arrangé ses cheveux qui, quand ils lui collaient au front, lui donnaient l'air dur et buté.

Baba était couchée. Mme Lampargent devait lire le journal sur son balcon (chacun, dans la maison, avait son balcon). C'était toujours elle qui attrapait les journaux la première, comme s'ils devaient un jour lui apporter une nouvelle capitale. Au fait, au moment où il allait monter, Oliva s'était avancée en s'essuyant les mains à son tablier.

— Je vous souhaite un heureux anniversaire, monsieur.

— Merci, petite.

Il avait bien fallu serrer les mains humides. Camille lui en avait dit autant dans l'escalier.

Il était une vieille bête de soixante ans, et sa lèvre inférieure se gonflait comme celle d'un bébé qui va pleurer parce qu'on le laisse seul dans son berceau !

Il avait entendu l'auto s'éloigner, emmenant Jouve. Qu'est-ce qu'Alice faisait encore en bas ? Rien ne la retenait plus à la cuisine. Il ne l'entendait pas aller et venir. Si elle tardait encore un peu, il serait endormi, car il avait bu beaucoup de vin à table et on avait servi la chartreuse avec le café pour que cela fasse davantage fête.

L'affaire Weill allait peut-être lui donner une excuse pour aller à Paris. Il n'y resterait pas longtemps. Il n'avait pas envie de s'éloigner longtemps ; cela lui faisait même un peu peur de se trouver là-bas, rien qu'avec Jouve.

Il ne quittait plus la maison qu'à contrecœur, sans s'en avouer la raison, sinon à des moments comme celui-ci, les yeux fermés, quand il n'avait plus le plein contrôle de ses pensées.

Ce qui l'effrayait, c'était l'idée de mourir tout seul, dans l'auto, par exemple, dans la rue, dans un café, ou dans un bateau, en tête à tête avec Joseph, en vue de la maison si proche et pourtant inaccessible. Il ne lisait plus certaines pages des journaux par crainte d'y trouver des récits de morts subites.

Alice ne s'en doutait pas. Il ne lui avait parlé de rien. Elle ignorait sa visite au professeur Biguet et les lettres qu'ils avaient échangées. Elle croyait vraiment que les comprimés qu'il avalait régulièrement lui avaient été prescrits pour sa gorge.

— Tous les acteurs se soignent la gorge, tu dois savoir ça.

Son cœur battit. Il entendait un bruit de souris dans l'escalier, près ou loin, il était incapable d'en juger, et il devait être plus assoupi qu'il ne croyait puisqu'elle lui effleura le front alors qu'il ne la pensait pas encore dans la chambre.

— Dors... Excuse-moi... J'ai seulement voulu t'embrasser, être nous deux une seconde...

Il ouvrit les yeux, la vit dans le soleil qui auréolait son visage et prononça, convaincu :

— Tu es belle !

— Chut !

— Je suis content que tu sois venue.

— J'aurais aimé que nous fêtions ton anniversaire tous les deux, tous les trois, mais ce n'était pas possible. Tu n'as pas été trop déçu ?

Elle parlait bas et il chuchota aussi, s'efforçant de ne pas trop se réveiller.

— Non.

— Tu n'es pas malheureux avec moi ?

Elle se penchait sur son lit comme s'il était un petit garçon fiévreux et prenait sa main dans la sienne.

— Je suis heureux... essaya-t-il de dire.

Elle fit de nouveau :

— Chut !

Elle savait que ce n'était pas vrai, que ce n'était pas possible, qu'il faisait de son mieux, comme elle.

— Je suis venue te dire que je t'aime, Emile.

Il ferma les yeux et sa pomme d'Adam saillit, sa lèvre inférieure s'avançait.

— Nous sommes si heureuses, Baba et moi, et nous voudrions tant ton bonheur ! Peut-être ne suis-je pas toujours adroite. Pardonne-moi.

C'était lui qui aurait voulu lui demander pardon, à cause de Jouve. Il savait, depuis toujours, qu'elle n'était pas amoureuse d'Adrien, qu'elle le regardait comme un camarade. Il savait aussi que celui-ci lui avait voué à lui, Dieu sait pourquoi, une vénération et un dévouement qui avaient résisté à toutes les avanies. Et, s'il arrivait aux deux jeunes gens de comploter, d'échanger quelques mots en cachette, c'était, comme aujourd'hui, pour lui préparer une surprise, lui éviter des tracas, peut-être pour se communiquer leurs inquiétudes à son sujet ?

Etait-ce sa faute si cela suffisait à le torturer, s'il avait soixante ans, s'ils étaient jeunes l'un et l'autre ? Etait-ce sa faute si la seule idée qu'un homme respirait dans la même pièce que sa femme lui donnait des sueurs froides ?

Et si, chaque fois, cela le faisait penser à l'autre, au saligaud ?

Il savait son nom, maintenant. Il n'en avait pas parlé à Alice, mais il était persuadé qu'elle l'avait deviné. Il ne s'en était pas occupé personnellement, car ils avaient quitté Paris tout de suite, le dimanche, c'est-à-dire le lendemain de sa dernière représentation au théâtre, sans presque rien emporter, comme s'ils fuyaient.

Ici, à l'hôtel d'abord, où ils avaient habité huit jours — il avait plu tout le temps et, découragés, ils avaient failli repartir —, puis à la villa, il avait tenu bon cinq semaines avant d'écrire à Lecointre pour le charger de la mission.

Il avait appris le nom, l'adresse, bien d'autres détails qu'il aurait préféré ignorer.

« Comte Philippe de Jonzé, 32 *ter,* rue Villaret-de-Joyeuse. »

Il connaissait surtout la rue à cause d'une maison de passe.

Depuis qu'il savait, il avait remarqué que sa femme ne prononçait jamais le prénom de Philippe, même quand il s'agissait d'un de leurs amis, par exemple, qui habitait Juan-les-Pins, et qu'elle appelait par son nom de famille ou qu'elle s'arrangeait pour désigner autrement.

Jamais non plus la rue Villaret-de-Joyeuse n'était mentionnée, ni l'Ecole normale.

Jouve avait eu le malheur de parler d'un camarade qui avait fait ses études rue d'Ulm, et Alice, aussitôt, avait changé de sujet de conversation.

Même le ministère des Beaux-Arts...

C'est là que le Jonzé travaillait, comme attaché de cabinet, et, contrairement à ce qu'on aurait pu penser, il n'y était pas entré à cause de son nom ou de son père.

Ce n'était pas non plus de la noblesse plus ou moins dédorée qui se replie sur un vieux château. Ils étaient riches. Depuis des générations, les Jonzé étaient dans les forges, les aciéries, les chemins de fer. C'étaient des « durs », plus durs encore que les Weill et tous les requins du cinéma.

A cause du ministère des Beaux-Arts, Maugin ne voulait plus de la rosette qu'on lui avait promise pour le 14 Juillet.

— Avoue, Emile, que c'est pour me faire plaisir que tu sors ce soir.

— Je t'assure que j'ai vraiment envie de voir ce qu'ils ont fait du film.

— Mais pas de te mettre en smoking ! Tu as horreur de t'habiller.

— Cela me changera de mes pantalons de pêcheur.

— Tu es sûr que tu ne préfères pas y aller en veston ?

Elle dressa l'oreille. Le père Fredin était en train de siffler dans le jardin, juste sous les fenêtres, et le son montait, obsédant, aigre, filé, dans l'air immobile. Cent fois, cela avait fait bondir Maugin hors de son lit.

— Vous ne pouvez pas taire votre gueule, quand je dors ?

Un jour le bonhomme lui avait répondu :

— Je vous demande pardon. Je ne pense jamais que les gens dorment.

— Je vais aller le faire taire, dit-elle.

— Non.

Il la retenait. C'était pour le vieux aussi. Fredin ne fumait pas, ne buvait pas, n'avait plus de famille et couchait dans une cabane à lapins. Il sifflait, du matin au soir, et, quand on le faisait taire, recommençait un peu plus tard sans le savoir.

— Je ne dors quand même pas.

— Tu vas dormir.

— Je ne crois pas.

— Pourquoi ?

Que pouvait-il lui dire de plus ? Ils mettaient chacun autant de douceur, autant de chaleur qu'ils pouvaient dans les syllabes qu'ils prononçaient et qui, en elles-mêmes, n'avaient pas d'importance. De ce qu'ils pensaient, il était interdit d'en parler.

— Tu finiras par être heureux, tu verras !

— Oui.

— Tu l'as tellement mérité !

— Sans blague ?

— Tais-toi. Ne bouge plus. Garde les yeux fermés. Dors.

Elle lui embrassait les paupières, le front. Sans doute à cause d'un souvenir d'enfance, elle y traçait une croix avec le pouce.

— Dors...

Il ne l'entendit pas s'éloigner. Elle dut rester à son chevet, immobile, retenant son souffle, jusqu'à ce qu'il fût endormi, comme elle le faisait avec Baba, mais, presque aussitôt, le sifflet du père Fredin le ramena au Cap-d'Antibes et il se retrouva tout seul, chaud et mouillé, dans son lit inconfortable, avec un nouvel élancement au pied droit.

« Ce n'est pas le type qu'on s'imagine, lui avait écrit Lecointre. Je me suis souvenu que j'ai eu un oncle dans la rousse et j'ai fait mon enquête comme un vrai flic. »

Sans doute le pauvre bougre s'était-il déguisé, pour mieux gagner son argent. Car Maugin, bien entendu, lui avait envoyé un mandat « pour ses frais ».

« Pas roman populaire pour deux sous, le jeune comte. Je dis jeune par rapport à nous, mais il a trente-deux ans. C'est un fort en thème, un bûcheur, le contraire d'un jeune homme qui fait la noce. Je le sais par un de ses anciens camarades de Normale.

» Le père, lui, est un vieux de la vieille, un pur. Je crois qu'il est général de réserve par-dessus le marché. C'est tout juste s'il ne porte pas une redingote pour se rendre à ses conseils d'administration et il fait des armes chaque matin, monte à cheval au Bois, déjeune à son cercle, avenue Hoche. Je ne croyais pas que ça existait encore ailleurs qu'au théâtre.

» Le gamin aurait pu entrer dans les affaires que contrôle son papa, mais il a préféré s'engager dans les spahis au sortir de l'école et il a passé cinq ou six ans dans le désert.

» Quand il est revenu à Paris, il s'est brouillé tout à fait avec le vieux en travaillant dans une maison d'édition de la rive gauche et en épousant une dactylo.

» C'est grâce à l'influence de l'éditeur qu'il est entré au ministère et, maintenant, il a deux enfants. Il n'est pas riche. On prétend qu'il prépare un livre, je ne sais pas sur quoi.

» Il héritera un jour de son père, dont il est l'enfant unique, mais il a des chances d'attendre longtemps et il tire le diable par la queue, car il a gardé des goûts dispendieux et est assez porté sur les femmes. Il a des dettes un peu partout... »

Si le pauvre Lecointre avait su quel mal chaque

mot faisait à Maugin, il aurait fourni moins de détails. Il y en avait des pages. D'autres lettres avaient suivi, car il tenait à en donner à son ancien camarade pour son argent. Au fond, c'était un scrupuleux, comme la plupart des pauvres types.

« Son dada est de vivre dans les milieux d'artistes... »

Parbleu ! Et après ! Qu'est-ce que ça pouvait lui faire ? Est-ce qu'il avait soixante ans, oui ou non ? Avec un cœur de soixante-quinze et, en guise de ventricule gauche, une sorte de poire blette et sans ressort.

Il puait le vin, puait le vieil homme. Il lui arrivait de le faire exprès de « les » dégoûter, d'épier les réactions dans leurs yeux. Il n'y avait qu'Oliva — qui sentait l'ail par tous les trous — à oser lui lancer :

— Vous sentez le fond de barrique !

Dans le tiroir de son bureau — car il avait un vrai bureau, avec un balcon qui donnait sur la mer — il y avait une lettre bordée de noir, de Cadot, évidemment.

« C'est avec tristesse que j'ai appris votre départ, mais, si le repos au bord de la mer doit vous être salutaire et vous réjouir le cœur, je ne peux que m'en féliciter avec vous. »

Ce n'était pas mal tourné, après tout. Mais cela ne continuait pas tout à fait aussi bien :

« J'hésite à ternir votre ciel méditerranéen avec mes petits tracas, mais à qui les confierais-je, sinon à vous, qui m'avez toujours prêté une oreille si attentive et indulgente ?

» Depuis que ma femme nous a quittés (et je vous remercie une fois encore de tout ce que vous avez

fait pour elle), je suis devenu une sorte de phéno-
mène social, dont la place n'a pas été prévue dans
le monde d'aujourd'hui : un veuf avec cinq enfants.

» Essayez de vous figurer ce que cela représente
de complications, vous à qui la Providence a donné
un beau bébé souriant à la vie. Ma mère, les premières semaines, a fait de son mieux pour s'occuper des petits et est venue s'installer chez moi. C'est
une femme âgée, vous le savez, souffrant de maintes
infirmités... »

Bref, Juliette avait renoncé et avait regagné sa
tanière de la rue Caulaincourt.

« Des voisines m'ont donné un coup de main.
Des voisins se sont montrés compréhensifs et géné-
reux. Dans un quartier modeste comme le nôtre,
chacun n'en a pas moins ses soucis... »

Au fait ! Il lui fallait encore trois pages d'une
écriture menue et soignée de maître d'école pour
en arriver au fait : il avait déniché « une seconde
mère pour les enfants », veuve aussi, à peine âgée
de trente-cinq ans, « alerte et jouissant d'une santé
parfaite ».

Il avait hésité, à cause de la mémoire de la chère
morte.

« Mais son devoir... »

Seulement... Car il y avait un seulement. Et
c'était ici que lui, Maugin, entrait enfin en scène.
Thérèse (c'était la candidate) hésitait à s'engager
dans des conditions aussi précaires et, pour tout
dire, aussi décourageantes. Elle sortait d'une famille
de commerçants, des Auvergnats, autant qu'il put
comprendre.

« Comme elle le fait justement remarquer, mes
efforts au bureau me mèneront à quoi ? Je ne suis

qu'un rouage si modeste que ceux qui nous dirigent ignorent jusqu'à mon existence. Qu'au contraire nous entreprenions, alors que nous sommes encore jeunes, une affaire à notre compte, où nous puissions l'un et l'autre mettre le meilleur de nous-mêmes... »

Il l'avait trouvée, l'affaire. C'était une épicerie, « très bien située », à Charenton, dans un quartier plein d'avenir, presque en face de l'écluse « qui fournirait une clientèle régulière de mariniers ».

Maugin n'en avait rien dit à Alice ni à personne. Il avait payé l'épicerie et avait reçu en échange une lettre encore plus longue et une photographie de toute la famille en rang devant la boutique.

Le plus inattendu, c'est que Juliette Cadot, la vieille punaise, lui en avait presque voulu de sa générosité subite.

« Je me demande si vous avez agi sagement en transformant de but en blanc la vie de ce garçon, qui n'a que trop tendance à croire en lui et qui, en trois semaines, n'a pas trouvé une seule fois le temps de venir prendre de mes nouvelles. Quant à cette femme, dont je ne veux rien dire encore... »

Pitié, Seigneur ! Il n'avait pas fait ça par bonté. Il n'était pas bon. Il n'avait aucune envie d'être bon, au contraire. Alice se trompait.

Elle était montée dans sa chambre. Elle l'avait embrassé au front, sur les paupières, elle lui avait fait une petite croix, mais elle ne savait pas ce qu'il pensait à ce moment-là.

Il pensait qu'il y aurait au moins quelqu'un près de lui quand le moment arriverait, voilà !

Il avait la frousse de mourir seul, « comme un chien ».

C'était moins beau, hein ? Alors, si elle se mettait à tourner autour de Jouve ou à penser à son blondinet, il risquait...

Il n'avait pas dormi, à peine quelques minutes, et le jardinier sifflait toujours quelque part, faute de savoir mieux ; des jeunes gens en cache-sexe se donnaient des airs d'acrobates sur une planche tirée par un canot automobile.

Faites du bruit ! Il n'y en avait pas assez avec la mer, les cigales, le sifflet du père Fredin, les mouches, et Baba qui se mettait de la partie et pleurait devant une fenêtre ouverte.

Jouve rentrait. La portière claquait. Le gravier crissait. C'était un orchestre.

Il se leva, saumâtre, fit une grimace en mettant le pied droit par terre et vida ce qui restait dans la bouteille — du vin tiédi qui tournait à vinaigre.

— Je te rejoins au bureau, môssieu Jouve, criait-il par la fenêtre.

Il enfila une robe de chambre, se rinça le visage, passa le peigne dans ce qui lui restait de cheveux.

— Tu as les places ?

— Oui, patron.

— Une loge où on ne nous regardera pas comme des animaux du Jardin des Plantes ?

— Oui, patron. Tout au fond.

C'était aussi par peur des incendies qu'il tenait à être au fond de la salle.

— Weill ?

— Il vous assigne. Il a refusé de me recevoir et même de me répondre au téléphone, m'a fait dire par sa secrétaire de m'adresser à son avoué.

— Tu y es allé ?

— Non. Je suis allé voir Me Audubon, qui m'a conseillé de n'en rien faire.

— Qu'est-ce qu'il dit, Audubon ?

C'était son avocat.

— Il dit...

— Eh bien ?

— Il dit que vous perdrez sûrement et que vous feriez mieux d'accepter un compromis avec Weill.

— Non !

— Celui-ci a acheté le contrat à la Société Siva et c'est donc à lui que vous devez cinq films cette année.

— Sauf qu'une clause me permet de refuser les scénarios qui me déplaisent.

— Il vous en a envoyé douze en quatre mois.

— Ils sont idiots.

— Parmi les douze, il y en a deux que vous vous êtes déclaré prêt à tourner, en décembre dernier. Vous l'avez écrit, à cette époque, à la Société Siva. Il possède la lettre dans ses dossiers. Me Audubon prétend que, dans ces conditions, aucun tribunal ne vous donnera raison, surtout que Siva vous a versé une forte avance.

— Weill est un voleur !

— Comme dit Me Audubon : c'est un homme d'affaires.

Il tenait le mauvais bout, il le savait, mais s'entêtait, contre toute évidence. En coup de tête, il avait décidé de partir pour la Côte d'Azur et, depuis qu'il s'y trouvait, il refusait tous les sujets qu'on lui proposait.

— Et si j'étais malade !

— Nous avons étudié le cas. Ce serait différent. La compagnie que Weill représente nommerait un médecin de son choix pour vous examiner, et celui-ci, d'accord avec votre médecin personnel, choisirait un troisième praticien qui jouerait le rôle d'expert.

— Audubon est contre moi !

— Il voudrait venir vous voir et vous parler, mais il est retenu à Paris pour un bon mois et, à ce moment-là, il sera probablement trop tard.

— Ne dis rien à ma femme aujourd'hui. C'est inutile de lui gâcher sa journée. J'irai à Paris demain.

— Vous m'emmenez ?

— Oui, môssieu Jouve, je t'emmène !

Cette histoire le tracassait plus qu'il ne voulait le montrer, car elle pouvait lui coûter très cher. Il ne manquait pas d'argent, certes. Méfiant, il en avait dans quatre ou cinq banques différentes, surtout de l'or, qu'il allait placer lui-même dans les coffres à son nom.

Mais il était beaucoup moins riche qu'on ne le croyait et que les journaux le racontaient avec une exaspérante complaisance. La plupart du temps, les chiffres cités n'étaient qu'un bluff des compagnies de cinéma. Et les impôts prenaient la plus grande part.

Ce qu'on oubliait aussi, c'est qu'il n'y avait pas plus de dix ans que le cinéma lui apportait de grosses sommes.

Jusqu'à l'âge de cinquante ans, il n'avait vécu que du théâtre.

Jusqu'à quarante ans, il avait eu des échéances difficiles.

Jusqu'à trente ans, il avait crevé de faim.

Comprenez-vous, monsieur le comte de Jonzé, qui-trouvez-amusant-de-fréquenter-les-artistes ?

Il n'avait pas le droit d'être malade, lui ! Il n'avait pas le droit d'être mourant sans le faire constater par messieurs les experts !

Une jolie expertise ! Pourquoi pas une autopsie ?

— Je suppose que j'ai ma soirée libre, patron ?

— Pourquoi demandes-tu ça ?

— Parce que j'ai rencontré un ami d'enfance qui est professeur de lycée à Juan-les-Pins et que j'en profiterais pour aller bavarder avec lui.

Il était cinq heures. Il fallait traîner jusqu'à six, puis s'habiller, prendre l'auto, s'installer dans un restaurant et examiner sans appétit la carte tendue par le maître d'hôtel, une belle grande carte, la plus grande possible, avec des noms compliqués qui mettent l'eau à la bouche des nigauds.

— Vous boitez ?

— Non.

Il trouva sa femme à la lingerie, où elle avait « un point à faire » à sa robe du soir, parce qu'une heure de sortie, pour une femme, cela représente des heures, quand ce ne sont pas des jours, de préparation. C'était curieux qu'elle n'eût pas besoin de passer chez le coiffeur.

— Tu t'ennuies ?

— Non. J'ai chaud.

— Tu boites ?

Il dit à nouveau, impatient :

— Non !

C'était l'heure où il aurait dû aller prendre son verre à Antibes, près du jeu de boules, mais, pour cela, il aurait fallu s'habiller une première fois, revenir ensuite se mettre en smoking. Il avait été imprudent de proposer de sortir en smoking.

Il tournait en rond dans la pièce, comme un gamin qui va faire une bêtise. Il la fit.

— Je vais demain à Paris.

Elle tressaillit, leva vivement la tête.

— Ah !... Tu viens de décider cela ?

Il savait qu'il lui gâchait sa journée, comme il avait si bien recommandé à Jouve de ne pas le faire, et il savait aussi qu'il l'avait fait exprès, peut-être parce que c'était trop calme dans la lingerie.

— Nous venons de discuter l'affaire Weill. Audubon veut me voir.

— Pourquoi n'est-ce pas lui qui vient ?

— Il ne peut pas quitter Paris en ce moment. Et Weill me poursuit.

Tout cela, c'étaient des mots, et ils le sentaient tous les deux. Il y avait des semaines que cette menace de voyage était dans l'air, sans qu'ils en parlent ni l'un ni l'autre.

Qu'est-ce qu'Alice pensait qu'il voulait aller faire là-bas ? Pourquoi ce voyage, qui n'avait rien d'extraordinaire ou de hasardeux, l'inquiétait-il ?

— Tu pars en voiture ?

— Je prends le train, avec Adrien.

Elle ouvrit la bouche, changea d'avis, et une bonne minute s'écoula avant la question qu'il prévoyait.

— Je ne peux pas t'accompagner ?

— Et Baba ?

— Mme Lampargent s'en occupera.

— C'est inutile. Je ne fais qu'aller et venir.

— Combien de jours resteras-tu absent ?

— Quatre jours... Cinq...

Le plus curieux, c'est que ce voyage lui faisait aussi peur qu'à elle et que, d'avoir cité un chiffre, il crut nécessaire de toucher du bois en cachette.

Depuis qu'ils avaient quitté si précipitamment Paris, il évitait d'y retourner, ne fût-ce que pour vingt-quatre heures, et c'était Jouve qui voyageait à sa place.

Dans son esprit, Dieu sait pourquoi, ce n'était pas un déplacement comme un autre. Il passait son temps à pester contre Antibes, contre la mer, le bateau, Joseph, la villa et le jardinier, et, cependant, il hésitait à s'éloigner comme si, ailleurs, il devait cesser d'être en sécurité.

— Je vais dire à Jouve de téléphoner à la gare pour retenir nos places.

— Il ne l'a pas encore fait ?

Elle devina qu'il s'était décidé tout à coup et s'inquiéta davantage.

— Réfléchis, Emile.

— A quoi ?

— A rien. Je suis folle. Ne fais pas attention. Nous sommes si bien ici...

— Je passe voir Jouve au bureau et je monte m'habiller.

— Je serai prête dans une demi-heure.

Il portait toujours, avec le smoking, à cause de son énorme nuque, des chemises d'épaisse soie souple au col très bas. Cela lui donnait beaucoup d'allure, d'autorité. Il s'était rasé une seconde fois, et la blancheur du linge faisait ressortir le hâle du visage.

Il se trouva presque beau.

— Tu es magnifique, Emile !

Ses souliers vernis lui faisaient un peu mal, surtout le droit, mais il n'en dit rien. Il ne dit pas non plus que, pour ne pas sentir la vinasse, il venait de boire un plein verre de fine. Son mouchoir était discrètement parfumé. Il alla embrasser Baba qui était déjà au lit et qui le regarda avec des yeux surpris.

Sa mère, elle, était toute vaporeuse dans une robe à volants d'organdi et, par contraste avec Maugin, ses épaules paraissaient plus blanches, presque anémiques. Elle portait le collier de perles qu'il lui avait acheté lors de la naissance de l'enfant, comme si...

— Cela ne vous ennuie pas de me laisser tomber place Macé, où je trouverai un autobus ?

On emmena Jouve, qui s'assit à côté du chauffeur. L'intérieur de la voiture était moelleux. Le soleil couchant mettait partout du rouge un peu violacé. L'« automobile » glissait sans bruit, sans secousses, et Alice avait posé la main sur celle de Maugin qui se tenait plus droit que d'habitude.

Cela ressemblait vraiment à une petite fête comme celles que les bourgeois s'offrent aux occasions importantes. Jouve les quitta. La voiture glissa à nouveau.

— A quelle heure pars-tu, demain ?

— Nous prendrons le train de onze heures et arriverons à Paris pour nous coucher.

— Je suppose que tu ne comptes pas t'installer avenue George-V ?

C'était la première fois, depuis qu'il vivait avec Alice, qu'il allait descendre à l'hôtel, à Paris, et il ne savait pas lequel choisir.

— J'irai probablement au *Claridge*.

— Tu me téléphoneras ?

— Oui. Pas souvent, car les communications

sont chères. Je t'appellerai dès mon arrivée pour te dire que tout va bien.

Il se demanda de quoi la villa aurait l'air sans lui. Il était jaloux. Est-ce qu'on y sentirait moins de contrainte ? Entendrait-on fredonner et rire ?

— Conduisez-nous au *Cintra,* Arsène.

Pour l'apéritif. Comme tout le monde. Il bombait le torse, s'essayait la voix.

— Deux Martinis, jeune homme.

Des gens venaient lui parler, qu'il connaissait plus ou moins, et il prenait son air grognon, protecteur.

Il ne recommença pas la bêtise de Paris et choisit, pour dîner, un restaurant italien où ils étaient face à face à une petite table, avec une lampe à abat-jour orangé entre eux deux. Cette fois, il avait commandé du vin du Rhin pour elle et, pour lui, un fiasco de chianti rouge.

A cause des Martinis et de la chaleur, ils étaient tous les deux très roses, les yeux brillants. Ils étaient beaux. Ils jouaient à Monsieur qui sort Madame. Mais chaque fois qu'ils étaient sur le point de se regarder en face, il y en avait un des deux, pas toujours le même, pour détourner les yeux.

Pourquoi ? De quoi avaient-ils peur ? C'était comme s'ils craignaient l'un et l'autre de se laisser prendre en défaut.

Peut-être chacun, au lieu de vivre simplement cette soirée-là, la regardait-il se dérouler avec l'attention qu'on apporte aux événements qui prendront une place importante dans le souvenir ?

Ils ne voulaient pas en avoir l'air. Ils posaient pour l'avenir, étaient tendres, enjoués, plaisantaient du bout des dents.

— Allons voir ce sacré Maugin dans son film.

Le nom s'étalait sur les murs, avec une image de Maugin, la main crispée au-dessus d'un visage renversé de femme.

— Les gens doivent s'attendre à ce que j'étrangle la petite devant eux, et certains seront sûrement déçus à la sortie.

On les regardait passer tous les deux, dans le hall du *Palais de la Méditerranée*. On les suivait de loin. Le directeur attendait en personne pour les conduire à leur loge.

— J'ai cru aller au-devant de votre désir en n'annonçant pas votre présence, monsieur Maugin. Cependant, des gens vous ont vu. On sait que vous êtes ici et j'espère que vous ne m'en voudrez pas si, après le film, vous êtes l'objet de...

Il avait dû acheter des fleurs pour Alice, qu'on lui remettrait tout à l'heure. Et il aurait à se pencher sur le rebord de la loge pour saluer. Elle aussi.

Les actualités finissaient. Son nom, énorme, était projeté sur l'écran, puis une ribambelle de noms toujours plus petits, pour finir par le maquilleur et l'accessoiriste.

Monsieur-Tout-le-Monde se mettait à vivre, en noir et blanc, dans les décors de tous les jours, avec, presque visible sur ses épaules, le poids de sa vie d'homme.

Il fut frappé, soudain, de la ressemblance de la petite actrice avec sa femme. Pas une ressemblance de traits, mais quelque chose de moins apparent à première vue et de plus profond, comme une ressemblance de destinée. Cela le mit mal à l'aise et il commença à trouver gênante cette insistance d'Alice à poser sa main sur la sienne. Il remua sa chaise. Ne sachant pas d'où ce bruit provenait, des spectateurs firent :

— Chut !...

Il faillit se fâcher, se calma, souffrit de son pied droit et retira sa chaussure.

Les scènes où on le voyait conduire la locomotive lui rappelaient les journées passées à piétiner dans la neige, en décembre, à Levallois, où l'on avait mis une machine et une voie de garage à leur disposition, avec de vrais mécaniciens, bien entendu.

Puis ce fut le bistrot, le retour à son logement, l'escalier, la porte qu'il ouvrait d'une poussée brusque, le cri muet de sa femme.

Au fond de la loge, c'était sa vraie femme qu'il croyait voir ainsi terrorisée, c'était à elle qu'il commandait de l'écran :

« — Viens ! »

Il répétait :

« — Viens ici, *petite* ! »

Il avait son bras sur le dossier de la chaise, derrière Alice, et de sa main, dans le noir, faisait exactement la même chose que sa main agrandie sur la toile.

Le plus curieux, c'est qu'Alice le savait, qu'il la sentait tendue, retenant son souffle, dans l'attente de ce qu'il allait décider.

Pas plus que l'autre, elle n'osait bouger.

Comme l'autre, elle acceptait.

Il n'y avait pas de projecteurs braqués sur eux, pas d'ingénieur du son, pas de claquettes. Des nuages noirs les entouraient comme dans le cabinet de Biguet pendant la radiographie. Les doigts s'écartaient, se rapprochaient, et il devinait la pâle clarté des perles sur le cou de sa femme, respirait fort, sentait la sueur lui couler entre les épaules.

Au lieu de Paris ?

Ce n'était pas une pensée. C'était trop flou pour ça, et pourtant, comme dans son rêve du jugement, c'était très explicite : *cela* ou Paris. Il avait le choix. On lui donnait le choix.

Il lui sembla que la scène durait des heures, toujours comme le cauchemar ; et, quand la main ne se referma pas, quand l'homme, sur l'écran, poussa sa femme vers l'escalier sans se donner la peine d'être brutal, il eut l'impression de revoir enfin la lumière, bien que le film continuât, qu'on n'eût pas encore éclairé la salle.

Il irait à Paris.

Il ne regardait plus l'écran, se penchait, grognait parce qu'il avait de la peine à remettre sa chaussure dans l'obscurité, cependant qu'Alice tirait un mouchoir de son sac.

Les applaudissements éclataient. Les lumières aussi, et six cents visages étaient tournés vers la loge où, penché en avant, il achevait de remettre son soulier.

Il se leva, salua. Les gens trépignaient, et il en vit qui pleuraient encore. Alice ne se levait pas. C'était la première fois que le hasard lui faisait partager une ovation destinée à Maugin et elle ne savait comment agir ; il lui prenait le bras, une ouvreuse en gris souris s'approchait de la balustrade pour lui tendre des œillets pourpres.

Les gens ne se décidaient pas à quitter les rangs de fauteuils et il entraînait Alice dehors, lui disait :

— Et voilà, petite !

Très pâle, comme étourdie, elle s'efforçait de

sourire par-dessus les fleurs, tandis qu'il se détachait d'elle pour aller signer les programmes que des mains lui tendaient tout le long du couloir.

3

Il avait bu et dormi tout le long du chemin. Jusqu'à Laroche, il s'était morfondu, parce qu'on annonçait un retard probable, puis le train avait rattrapé le temps perdu et la grosse horloge lumineuse marquait dix heures quarante au moment où l'on entrait en gare.

— Tu porteras mes bagages au *Claridge* et tu me retiendras un appartement.

— Vous préférez que je ne vous dérange pas de bonne heure, demain matin, et que j'attende votre coup de téléphone ?

— C'est ça : attends !

— Je prends un rendez-vous avec Mᵉ Audubon ?

Il avait regardé Jouve, l'air absent, comme s'il ne se rappelait pas qu'il était venu à Paris pour l'affaire Weill.

Les mains vides, il suivait la foule qui marchait vers le tunnel et la plupart des têtes se tournaient vers lui. Il montait en taxi, surpris de voir tant de gens aux terrasses, des hommes en manches de chemise.

— Au Châtelet. A l'entrée des artistes.

Il y avait justement une place libre pour la voiture non loin de la porte et il put rester dans le fond de l'auto, tassé sur lui-même, à regarder d'un œil torve la foule qui sortait du théâtre par la grande porte. Ici aussi, dans le temps, il avait fait de la figuration dans *Michel Strogoff* et dans *Le Tour du monde en quatre-vingts jours* ; c'était à cette époque-là le théâtre qui payait le plus mal, celui où l'on rencontrait les gueux les plus gueux, peut-être à cause de la proximité des Halles, ou parce qu'on avait besoin de beaucoup de monde — il y avait parfois plus de cent personnes en scène — et que n'importe qui faisait l'affaire. Il y avait attrapé des puces. Il avait attrapé autre chose aussi, d'une petite figurante.

Ils commençaient à sortir, hommes et femmes, dans des vêtements râpés, la plupart tout fiers cependant d'appartenir au théâtre et gardant exprès des traces de maquillage.

— Jules ! cria-t-il par la portière au moment où Lecointre, affairé, sortait à son tour.

Le pauvre diable regardait en tous sens, se demandait qui pouvait l'appeler, et d'où, apercevait enfin la main qui s'agitait hors de l'auto. Alors, reconnaissant Maugin, il s'exclamait extatique :

— C'est toi ! *Tu es venu !*

Comme s'il s'agissait d'un miracle.

— Monte.

— Je ne croyais pas que ma lettre irait si vite, ni surtout que tu serais libre.

Maugin se taisait. Son camarade devait faire allusion à une lettre qu'il n'avait pas eu le temps de recevoir avant son départ. Sa dernière lettre, au sujet du freluquet, datait de près de deux mois, celle dans laquelle il annonçait, par un *post-scriptum*, qu'après la fin de *Baradel et Cie*, il avait obtenu un « petit rôle » au Châtelet.

— Tu veux qu'on aille le voir tout de suite ? Tu viens juste de débarquer ?

Maugin tricha, sans raison, en n'avouant pas qu'il ignorait de quoi il s'agissait. Il attendait de deviner et, tout de suite, cela devint facile.

— Cette fois-ci, vois-tu, il n'en a vraiment plus pour longtemps. D'après le docteur, c'est une question d'heures plutôt que de jours. Tu ne vas pas le reconnaître !

Sûrement ! Il y avait trente ans qu'il n'avait pas vu Gidoin, à qui il en avait toujours voulu dans son for intérieur de n'avoir pas réussi les faux billets.

— Comme il n'a personne pour le soigner, je me suis installé dans son atelier, où je couche comme je peux, mais je suis bien obligé de le quitter pour me rendre au théâtre.

— Place du Tertre, chauffeur.

— C'est chic d'être venu. Tu ne peux pas savoir le bien que ça va lui faire. Je suis persuadé qu'il partira plus content. Ces derniers temps, il a parlé à plusieurs reprises de toi et des amis d'autrefois, entre autres d'une petite que je ne connais pas et qui paraît avoir tenu une place importante dans sa vie. Par moments, il n'a pas sa tête à lui, et c'est assez pénible. Il croit qu'on veut l'emmener à l'hôpital, me prend pour un infirmier et se débat au risque de se faire du mal. Au fait, tu n'as jamais dû y aller, toi ?

— Où ?

— A l'hôpital. Je ne te vois pas malade. Victor a fait la plupart des hôpitaux de Paris et en a gardé la frousse d'y mourir. Je crois que je serais comme lui, que j'aimerais encore mieux finir dans la rue. Qu'est-ce que tu dis ?

— Je ne dis rien.

— Tu sais combien il me reste en poche pour le soigner ?

Il sortit sa main, qu'il montra à plat dans la demi-obscurité du taxi, avec quelques pièces de monnaie sur la paume.

— J'ai vendu mon pardessus et le sien. Nous n'avons plus de montre depuis longtemps ni l'un ni l'autre et, la nuit, pour savoir l'heure, je dois attendre que sonne l'horloge du Sacré-Cœur. Excuse-moi de te dire ça. Tu m'as envoyé plus d'argent que tu ne m'en devais. Tu es heureux, là-bas ?

Maugin grogna.

— La petite va bien ? Ta femme aussi ? J'ai souvent pensé à toi, depuis ton départ. Sais-tu que, de nous tous, tu es le seul qui sois devenu un homme à peu près comme les autres ? Tu es un acteur, bien sûr, et même un grand type, je le dis sans amertume ni jalousie. Ceux qui prétendent que tu dois ton succès à la chance sont des crétins qui n'y connaissent rien. Mais, ce qui m'a frappé, en y réfléchissant, c'est qu'en même temps tu aies une famille, une vraie maison, tu comprends ce que je veux dire ?

Maugin regardait durement les rues par où l'on passait et où, partout, des gens rentraient du cinéma ou du théâtre, où rares étaient les coins à ne pas lui rappeler quelque chose, tandis que la voix cassée de Lecointre était, à son oreille, comme la ritournelle obsédante d'un vieil orgue de Barbarie.

— Sais-tu ce que nous devrions faire, Emile, ce

que tu devrais faire, toi qui n'en es pas à ça près. Nous nous arrêterions quelque part et tu lui achèterais une bonne bouteille de gnole. On lui défend d'en boire, mais, au point où il est arrivé, ça n'a plus d'importance. Je lui apporte un litre de rouge de temps en temps, quand j'ai les moyens, mais ce n'est plus assez fort pour lui, tu comprends ? Il lui faut du raide, pas même de la fine : du calvados ou du marc.

Ils trouvèrent un magasin ouvert boulevard Rochechouart, une charcuterie aussi, tout à côté.

— Qu'est-ce que tu crois qui lui fera plaisir ? Commande.

Ses vêtements trop bien coupés le gênaient, et son gros portefeuille, et le taxi qui attendait au bord du trottoir. Il oubliait que ce n'était pas pour cela qu'il était allé attendre Lecointre à la sortie du Châtelet.

— Je ne sais pas s'il pourra encore manger.

— Achète quand même.

Il y avait un zinc, au coin, un vrai, bien miteux, à l'éclairage trouble, avec des têtes de pauvres types qui, pour la plupart, ne coucheraient pas dans un lit, et, à cause de ce que Lecointre venait de lui dire, il commanda du marc, en avala deux verres coup sur coup.

— C'est une chance que je sois allé chez lui un matin, la semaine dernière. Ça l'avait pris la veille, et il aurait pu y passer sans que personne le sache.

C'était l'heure où les rues commençaient, pour Maugin, à avoir du goût et une odeur, surtout ces rues-là, qui n'avaient pas tellement changé, où d'autres ombres avaient remplacé les leurs sur les pavés et devant les vitrines de charcutiers.

La place du Tertre, elle, ressemblait à une foire, bondée d'étrangers installés aux terrasses qui envahissent tout l'espace — avec quelques pauvres types chevelus qui traînaient leur carton à dessin de table en table, des musiciens et des chanteurs, et même, au coin, un mangeur de feu au torse moulé dans un tricot bleu de marin.

— Ce n'était pas comme ça de notre temps, dis donc, Emile ! Tu gardes ton taxi ? Alors, qu'il tourne à gauche et fasse quelques mètres dans la rue du Mont-Cenis.

Un peu avant d'arriver aux escaliers de pierre, Lecointre, les bras chargés de paquets, suivi de Maugin qui portait les bouteilles, franchit une porte basse et suivit, dans l'obscurité, une étroite allée à ciel ouvert qui aboutissait à une cour encombrée de planches.

— L'atelier, à droite, est celui d'un menuisier. Au-dessus habite une Russe qui danse dans les cabarets.

On était loin de la foire, loin de Paris, dont on n'entendait plus rien, dont on ne voyait, dans le ciel, que le reflet orangé. Des murs au crépi craquelé, de l'eau sale qui stagnait dans l'allée et, au fond de celle-ci, la lueur indécise d'une lampe à pétrole dont on avait mis la mèche au plus bas.

— Il n'y a pas d'électricité dans la cour, tu comprends ? C'était une remise qu'il a arrangée.

Le pan de façade était presque entièrement vitré, avec beaucoup de carreaux remplacés par du carton. Sur une sorte de divan sans pieds, un simple sommier posé à terre, on apercevait une forme humaine recroquevillée, un visage barbu, deux yeux immenses qui fixaient le noir du dehors.

— C'est moi, Victor !

Lecointre ouvrait la porte, allait lever la mèche de la lampe.

— C'est Noël, aujourd'hui, vieux ! Devine qui je t'amène ? Regarde-le bien. C'est lui. C'est Maugin.

Y avait-il encore de la chair sous la barbe, sous les cheveux longs ? Les yeux dévoraient le visiteur avec un reste de méfiance.

— C'est sûr qu'il ne vient pas me chercher ? Tu as juré, Jules ! N'oublie pas !

— Puisque je te dis que c'est notre ami Maugin, de qui tu parlais encore avant-hier. Tu as oublié ?

— Répète !

La voix était basse, caverneuse, la gorge encombrée de glaires. Il toussait, une main sur la bouche, l'autre sur son ventre creux auquel le pantalon était retenu par une ficelle.

— Emile Maugin ! Et il t'apporte du nanan. Attends seulement que j'ouvre la bouteille et tu vas renifler ça !

Il n'y avait pas de chaise dans l'atelier, rien qu'une table couverte de plaques de cuivre, d'outils, de gravures sales, avec deux verres sans transparence. Le long du mur, c'était Lecointre, sans doute, qui s'était fait un lit de trois caisses recouvertes d'une paillasse et d'un morceau de couverture.

— Je me rappelle ! prononça enfin Gidoin. *C'est le chanteur.*

Et c'était vrai. C'était étonnant d'entendre ce mot-là jaillir tout à coup du passé où l'on aurait pu le croire oublié. Gidoin, sur sa paillasse, venait de faire un saut de quarante ans en arrière et de les entraîner tous les deux dans le monde où il vivait sa vie mystérieuse de moribond.

Pour un temps, en effet, dans leur bande, Maugin avait été le « chanteur » et, à cette époque-là, il était persuadé que c'était sa destinée. Il chantait dans les cafés-concerts de troisième ordre, où il fallait des poumons solides pour couvrir les fracas des bocks et des plateaux. Il chantait en habit noir, les cheveux partagés au milieu de la tête par une raie et collés sur les tempes. Il portait un camélia à la boutonnière, un camélia artificiel, car il n'aurait pas pu se payer chaque soir une fleur fraîche, et il lui arrivait de le nettoyer avec de la térébenthine avant d'entrer en scène.

— Ainsi, tu as fait ton chemin ! disait Gidoin en essayant, avec la maladresse d'un nourrisson, de se soulever sur les mains.

Il n'y parvenait pas, le regardait de côté, la moitié du visage écrasée sur sa couche.

— Bois, vieux.

Lecointre l'aidait sans dégoût, soulevait la tête, écartait les poils de la barbe, laissait couler le liquide dans la gorge comme du lait, tandis que Gidoin tendait une main malhabile pour retenir la merveilleuse bouteille.

— Tu en veux, Maugin ?

— Pas maintenant.

Même pour leur faire plaisir à tous les deux, il n'en avait pas le courage. Est-ce à cause de cela qu'il avait eu tant de répugnance à monter à Paris ? Savait-il obscurément ce qu'il y viendrait chercher, ce qu'il y trouverait ?

— Attends... que je... reprenne...

— Mais oui. Mais oui. Ne t'excite pas.

— ... ma...

— Nous avons le temps. Repose-toi.

— ... respi... ration...

Cela le soulageait d'avoir réussi et il pouvait se laisser aller à une quinte de toux.

— Pardon.

— On sait ce que c'est, va !

— Lui pas.

Et il y avait un reproche dans le regard qu'il gardait fixé sur Maugin, un peu comme s'il l'avait accusé d'être un renégat.

— Peut-être qu'il a oublié.

— Quoi ?

— Attends... Donne-moi d'abord la...

La bouteille. Pourquoi pas ? Il s'interrompait de boire pour fredonner tout bas :

« Un petit gamin, enfant des faubourgs... »

Son regard, comme un défi, restait accroché à la haute silhouette du visiteur et sa voix reprenait, fausse, râpeuse :

« ... Sur les grands boul'vards et les plac's publiques...
... Venait, aux passants, offrir chaque jour
Un modeste lot d'jouets mécaniques... »

Il trouvait un peu d'énergie pour hausser le ton, imitant l'emphase de l'époque.

« C'étaient des soldats, peints et chamarrés,
De toutes les arm's et de tous les grades,
Faisant manœuvrer leur sabre doré,

Militairement, comme à la parade.
Et le... »

— Assez, vieux. Tu vas te fatiguer.

Lecointre craignit-il que Maugin fût vexé par cette évocation ?

— Laisse-le faire.

Ils n'auraient d'ailleurs pas pu le réduire au silence, car le graveur s'excitait.

« ... Et le gamin adorait ses joujoux,
Presque à la folie.
Mais il devait, hélas ! les vendre tous,
Pour gagner sa vie... »

Le plus étrange, c'est que Maugin ne se rappelait pas les paroles de cette rengaine, qu'il avait pourtant chantée des centaines de fois. Il retrouvait avec stupeur chez Gidoin ses propres intonations d'antan, des tics qu'il avait oubliés.

« ... Et chaque fois que l'un d'eux s'en allait,
O ! douleur atroce,
Un long sanglot, en silence, gonflait
Son cœur de gosse ! »

Pourquoi Gidoin lui en voulait-il autant ? Il n'avait sans doute pas toute sa lucidité, mais on sentait que son attitude n'était pas seulement provoquée par la fièvre.

— Maintenant, repose-toi, Victor. Notre camarade Maugin a fait un long chemin pour venir te voir.

— Lui ?

— C'est lui qui t'a apporté à boire, et des tas de bonnes choses. Tu as faim ?

Il fit signe que non, s'efforçant de retrouver les autres couplets. Un petit riche s'arrêtait avec sa gouvernante devant les jouets étalés, choisissait le plus grand, le plus beau, l'officier à cheval que le vendeur gardait précieusement pour lui. Il l'achetait, et, remué par le déchirement de l'enfant :

« Je te l'achète, et puis, ne pleure plus :
Je te le donne ! »

Les mouchoirs sortaient tout seuls des poches, à cette époque-là ; et, pour le troisième couplet, on envoyait à Maugin un feu vert qui faisait bien sinistre, car cela se passait au cimetière. Le fils de riche était « mort de la poitrine » et le petit pauvre, pieusement, apportait ses soldats sur la tombe.

« ...
... jouer au paradis,
Avec les anges ! »

Maugin, soudain, se sentit si mal à l'aise qu'il faillit boire à la bouteille, comme Lecointre, malgré sa répulsion. Il n'aurait pas pu toucher non plus à un des verres graisseux et pourtant il était pris de vertige, son pied lui faisait très mal, il avait des démangeaisons sur les bras, sur la poitrine.

— Ainsi, tu as fait ton chemin !

C'était dit avec aigreur, avec un mépris souverain.

— Peut-être, si tu fréquentes le beau monde, as-tu l'occasion de rencontrer Béatrice ?

192

Lecointre faisait signe à Maugin de ne pas prendre garde à ce bavardage de mourant.

— Tu ne te souviens pas de Béatrice non plus ? C'était pourtant à l'époque de ta chanson, quand tu venais dans mon atelier, rue Jacob. Vois-tu, moi, c'est la seule femme que j'ai eue dans ma vie.

Gidoin ne déraisonnait pas, comme Lecointre, qui ne les connaissait pas encore en ce temps-là, le pensait. Béatrice avait existé, Maugin s'en souvenait, une très jeune fille, boulotte avec une fossette au menton et des cheveux qui frisottaient.

Elle posait à l'Académie Jullian. Pendant un temps, elle avait partagé l'atelier de Gidoin, qui avait un visage enfantin, de grands yeux noirs « qui faisaient penser à l'Andalousie », et portait une étrange veste noire boutonnée jusqu'au cou, avec une lavallière.

« — Il est bien gentil, tu comprends, mais quand nous sommes ensemble, c'est pour me parler de la lune et des étoiles, ou de la lutte éternelle entre Dieu et l'Ange. Tu sais qu'il n'est pas tout à fait un homme ? »

Elle le lui apprenait.

« — Il ne peut pas. Ce n'est pas sa faute. Il en a envie. Il essaie et je l'ai aidé comme j'ai pu. Il a fini par pleurer sur ma poitrine comme si j'étais sa mère. »

Est-ce que Gidoin, le Gidoin d'aujourd'hui, celui qui était en train de mourir et qui venait d'avouer qu'il n'avait jamais eu d'autres femmes dans sa vie, savait que Maugin avait couché avec Béatrice, et tous leurs amis, aussi, et d'autres qu'il ne connaissait pas ?

— Elle m'a quitté pour un sculpteur qui a eu le

prix de Rome, et elle l'a suivi là-bas, en Italie, où elle a épousé un comte très riche.

Encore un comte !

— Elle doit avoir des enfants, peut-être des petits-enfants ! Quelqu'un m'a dit, il y a bien quinze ans, qu'il l'avait rencontrée avenue du Bois et qu'elle paraissait être du quartier.

Cela se pouvait bien.

— Elle était encore très belle.

Il tendait la main vers la bouteille, et Lecointre hésitait, demandait conseil, du regard, à Maugin.

Leur camarade était en train de se tuer, c'était clair. Ils le tuaient. Maugin était venu d'Antibes pour l'achever avec une bouteille de marc.

— Tu es sûr que tu ne l'as jamais revue ?

— Je le jure.

— Tu ne mens pas ?

Son regard proclamait sans ambages qu'il avait toujours considéré le « chanteur » comme un homme capable de mentir.

— Si j'en avais le temps, je graverais ton portrait.

Une quinte de toux l'interrompait pendant plusieurs minutes, mais il ne perdait pas l'étrange fil de ses pensées.

— Ton portrait d'avant !

Le pauvre Lecointre, surmontant son respect humain, avait déballé un des paquets de charcuterie et mangeait honteusement, en détournant la tête.

— Il faut que je m'en aille, prononça Maugin avec effort.

— Il a son taxi à la porte.

Ce mot-là fit froncer les sourcils de Gidoin et sans doute lui rendit-il sa terreur de l'hôpital.

— Si c'est pour m'emmener qu'il est venu...

— Mais non ! Calme-toi ! Il a voulu te voir.

— Il m'a vu.

— Oui. Il reviendra.

Le regard de Lecointre était suppliant.

— Je reviendrai demain.

— Ah ! oui, demain...

Il ricana, fut pris d'un frisson et se recroquevilla sur lui-même, dans la pose d'un fœtus, au point qu'on pouvait difficilement croire qu'il avait encore la taille d'un homme.

— Jules, appela-t-il.

— Oui.

— Tu restes, toi ? Bois un coup. Il faut que nous restions tous les deux pour boire. Le « chanteur » n'a qu'à s'en aller. Il ne se souvient plus de sa chanson. Je graverai son portrait, tu verras demain. Tu sais ce que tu m'as promis. Demain, nous irons...

Maugin s'éloignait du divan sur la pointe des pieds, gagnait la porte, faisait signe à Lecointre qu'il partait. Dehors, dans la cour obscure, il demeura un long moment immobile, à reprendre vie, et, en marchant, il heurta des épaules les murs de l'impasse. Il devait avoir l'air d'un homme ivre, ou d'un homme malade, car le chauffeur descendit de son siège pour lui ouvrir la portière en demandant :

— Ça va, monsieur Maugin ?

— Ça va.

— Du rhumatisme ?

Sans doute avait-il boité.

— Un hameçon.

— Je ne savais pas que vous étiez pêcheur aussi. Où voulez-vous aller ?

Il ne savait plus. Tout était changé. Pour se rac-crocher à sa première idée, il faillit se faire conduire rue de Presbourg, ou même dire au chauffeur de passer lentement rue Villaret-de-Joyeuse. Mais, avant tout, il avait besoin de boire.

— Arrête-moi devant un bistrot.

Et, comme le taxi ralentissait place du Tertre :

— Non. Dans un vrai. Plus bas.

Le chauffeur, pour une raison ou pour une autre, au lieu de descendre la rue Lepic, passait par la place Constantin-Pecqueur, par la rue Caulaincourt et c'était là que Juliette Cadot habitait, il connais-sait le numéro de l'immeuble, mais ne savait pas lequel c'était. Plus bas, la brasserie aux rideaux crème, *Chez Manière*, avait été son port d'attache, où il venait souper presque chaque soir, au temps de ses premiers succès au music-hall. Il en était encore un client assidu, un de ceux que le patron tutoyait et qui attendaient pieusement l'heure de la fermeture, quand il avait rencontré Yvonne Delo-bel.

C'était étrange. A cause de quelques phrases de Gidoin, de quelques regards, tout cela était mort brusquement ce soir. Plus exactement, c'était comme si cela n'avait pas existé, comme si cela avait été vécu par un autre, ou comme si ce n'était qu'un film qu'il avait regardé en spectateur.

Lecointre ne devait rien avoir compris à ce qui s'était passé rue du Mont-Cenis.

L'autre, le moribond, savait ce qu'il faisait en parlant du chanteur. Et les souvenirs qui lui reve-naient par bouffées brûlantes avaient, eux, un goût, une odeur. La vie, en ce temps-là, n'était pas en toile peinte.

196

Il frappait à la vitre, place Clichy, faisait arrêter la voiture pour contempler l'entrée d'une impasse, surpris qu'il était de la voir exister encore ; des filles, au coin, faisaient le trottoir.

Eh bien ! il avait habité ici, tout un temps, à *La Boule d'Or,* un hôtel meublé de dernier ordre, qui n'avait pas l'eau courante, ni le tout-à-l'égout, qui était encore éclairé au gaz et où l'on ne mettait des draps dans les lits que contre un supplément de quelques centimes.

Il portait la raie au milieu et ne sortait pas sans un couteau à cran d'arrêt qu'il affûtait pendant des heures. Il balançait ses larges épaules en marchant, faisant saillir ses muscles et effrayait les bourgeois en les regardant férocement entre les deux yeux.

Il vivait avec Maud, qui portait une jupe plissée en satin noir comme en ont encore certaines marchandes des Halles, un corsage brodé avec un col à baleines et un chignon sur le sommet de la tête. Peu importe combien de fois elle lui avait payé à souper. Il lui était arrivé aussi de recevoir de l'argent d'elle sans jamais parler de le rembourser, et c'était elle qui lui avait acheté son premier complet à carreaux, à la Samaritaine, le complet qu'il portait sur le dos quand il avait rencontré Juliette Cadot sur l'impériale de l'omnibus.

Le bar, au coin de l'impasse, avait gardé son nom d'autrefois. *L'Oriental,* mais il avait été modernisé et des glaces remplaçaient les mosaïques.

— Attends-moi.

C'est là qu'il alla boire, avec l'envie de se saouler tout seul. Pour ça, il aurait fallu qu'on ne le connaisse pas, que les gens ne se tournent pas vers lui et qu'il ne devine pas sur toutes les lèvres :

« — C'est Maugin ! »

Eh bien ! quoi, Maugin ? Gidoin avait raison. Est-ce que le chanteur n'avait pas son mot à dire, lui aussi ?

— Un marc !

Les verres étaient épais, rugueux à la lèvre, le marc mauvais, et sans doute n'était-il pas meilleur jadis.

— Vous êtes revenu, monsieur Maugin ?

On savait même où il était, ce qu'il faisait. On avait publié sa photographie dans son bateau, avec Joseph, et on lui avait fait tenir une grosse daurade par la queue comme s'il venait de la sortir de l'eau.

— C'est vrai que vous ne voulez plus tourner de films ?

— Qui a dit ça ?

— J'ai oublié. Sans doute le journal. Ce serait malheureux, vu qu'il n'y en a pas deux comme vous.

Est-ce que cela lui faisait encore plaisir ? Il se grattait. Il lui semblait que tout son sang s'était porté à sa peau et la douleur lui faisait tenir la jambe raide.

Peut-être Gidoin était-il déjà mort ! Peut-être Lecointre était-il ivre à son chevet, sans savoir ! Les gens ne se doutaient de rien, les taxis continuaient à déverser des étrangers et des provinciaux à deux pas, place du Tertre, et, au *Lapin Agile*, des malins habillés comme on l'était de son temps, chantaient les chansons qu'ils n'avaient pas oubliées. Peut-être l'un d'eux chantait-il encore la sienne, celle des deux petits garçons, le riche et le pauvre, avec la scène du cimetière en point d'orgue !

— La même chose !

Jouve devait croire que c'était à cause d'un rendez-vous qu'il l'avait quitté si brusquement à la gare. Qu'est-ce qu'il pouvait penser de lui au juste, Jouve, qui ne connaissait que le Maugin des dix dernières années.

— Vous me permettrez peut-être d'offrir ma tournée, monsieur Maugin ?

Cela finissait toujours ainsi. On ne lui fichait pas la paix. Il avait promis de téléphoner à Alice dès son arrivée. Il ne fallait pas oublier de le faire, tout à l'heure, du *Claridge*.

Son chauffeur lui ouvrait encore une fois la portière et il en était vexé.

— Descends par la rue Blanche. Non, par le boulevard des Batignolles.

Cela avait été son quartier aussi, et on aurait dit que c'étaient les mêmes femmes qui erraient dans l'ombre à proximité de la lumière trouble des meublés.

— Au *Claridge* !

Il en avait assez. Il avait sommeil. Il se sentait malade. Il se sentait sale, après sa visite dans la crasse de la rue du Mont-Cenis. Et cela lui rappelait le temps où il allait chaque semaine prendre un bain pas loin d'ici, dans un établissement surchauffé, plein de vapeur, qui sentait la lessive et les pieds.

— Vous êtes à Paris pour quelques jours, monsieur Maugin ? Excusez-moi de vous demander ça, mais dans ce cas je pourrais me mettre à votre disposition et vous faire un prix à la journée.

Il dit oui, sans savoir pourquoi, sans avoir bien entendu. Il était persuadé qu'il avait la fièvre. Il avait emmené le chauffeur dans un autre bar, place des Ternes, et la tête lui tournait, les glaces lui renvoyaient l'image de ses joues rouges, de ses yeux brillants. Il se sentait osciller comme, au soir de la mort de Viviane, dans le café où il avait retenu Cadot.

Il verrait sûrement Cadot. Demain, les journaux allaient annoncer son arrivée, et Cadot finirait par le trouver.

— La même chose.

— Ne prenez pas ça de mauvaise part, monsieur Maugin, mais pas pour moi. Il faut que je conduise et je dois rentrer à Bagnolet.

Il ne se souvenait pas s'il avait bu les deux verres. Cela se pouvait. Le reste était vaseux. Il avait serré la main du chauffeur, qui avait refusé d'être payé puisqu'il devait revenir le lendemain. Le pisteur du *Claridge* l'avait accueilli et il avait essayé de marcher droit le long du hall, jusqu'au bureau du concierge.

— Bonsoir, monsieur Maugin. C'est un plaisir de vous revoir chez nous. Cela fait combien d'années, maintenant ? Vous avez le 303.

— Sur les Champs-Elysées ?

— Hélas ! non. Le sous-directeur aurait bien voulu, mais il m'a prié de vous dire que c'est absolument impossible, aujourd'hui. Nous avons notre hôtel plein de touristes ; mais demain s'il y a un départ...

— Le bar est ouvert ?

— Il est passé deux heures, monsieur Maugin.

Il ne s'était pas rendu compte de la fuite du temps. Malgré les glaces, les dorures, les lumières, c'était sinistre, peut-être parce que vide et silencieux. Un type en uniforme l'attendait à la porte de l'ascenseur comme pour le renfermer dans une trappe.

— Il n'y a pas une jolie fille par ici ?

Il avait demandé une jolie fille, c'était certain, mais ce n'était sûrement pas parce qu'il en avait envie. Peut-être parce qu'il avait peur de monter tout seul à son appartement !

— Pas à cette heure, monsieur Maugin, mais, si vous le désirez, je peux donner un coup de téléphone.

Il s'était retrouvé dehors, descendant lourdement les Champs-Elysées et parlant à mi-voix.

Il en rencontra une dont les cheveux oxygénés ressortaient dans l'ombre et faisaient illusion ; il était allé la regarder de près et elle avait fait de son mieux pour sourire gentiment. Elle était déjà vieille. C'était une triste, une résignée. Elle n'insista pas. Peut-être l'avait-elle reconnu ! Elle retourna s'adosser à une façade, dans l'attente de nouveaux pas.

Il descendit jusqu'au Rond-Point.

— Vous n'avez pas une cigarette ?

— Je regrette, petite. Je ne fume pas.

Celle-ci portait un tailleur bleu, une toque blanche sur les cheveux. Elle avait l'air bien élevée.

— Oh ! pardon, monsieur Maugin...

— Pardon de quoi ?

— Je ne sais pas. Je ne vous avais pas reconnu.

— Tu t'ennuies ?

— C'est-à-dire que...

— Tu veux venir avec moi au *Claridge* ?

— Vous croyez qu'on me laissera entrer ?

Il l'avait emmenée, et il boitait ; elle ne marchait

pas beaucoup plus facilement que lui sur ses talons trop hauts et elle devait avoir les pieds endoloris. Le concierge de nuit avait froncé les sourcils, mécontent, mais n'avait rien osé dire.

— Voici votre clef, monsieur Maugin.

— Vous me ferez monter à boire, jeune homme.

— Du champagne ?

La petite lui dit à voix basse :

— Pas pour moi, vous savez !

— Du cognac ! répondit-il. Je suppose que vous n'avez pas de vin rouge ?

— Il y a probablement du bordeaux.

— Une bouteille.

On lui avait apporté les deux, le cognac et une bouteille de médoc, sur un grand plateau d'argent, avec de la glace, de l'eau gazeuse, une demi-douzaine de verres de tailles différentes.

— Mettez ça là !

La gamine, qui avait ouvert la porte de la salle de bains, s'émerveillait :

— Dites, monsieur Maugin, est-ce que cela vous ennuierait que je commence par prendre un bain ?

Assis au bord d'un des deux lits, il regardait sa cheville devenue aussi grosse que son genou. Quand il fut déshabillé, il découvrit qu'il avait des plaques rouges un peu partout sur le corps et pensa d'abord qu'il avait attrapé les puces du mourant.

L'eau coulait dans la baignoire. Il voyait, par terre, dans l'entrebâillement de la porte, une paire de bas et du linge.

— Je ne vous empêche pas de prendre votre bain, monsieur Maugin ?

Il entendit, mais ne se donna pas la peine de répondre. Il regardait les deux bouteilles, les verres, puis son pied, ses cuisses, son ventre. Il savait qu'il oubliait quelque chose, mais c'est en vain que, l'air sombre et buté, il se demandait quoi.

C'était Gidoin, en tout cas, qui avait raison en parlant du « chanteur ». Les autres n'avaient rien compris.

Il but du cognac d'abord, puis du vin rouge, avec l'air de chercher lequel des deux il choisirait. Il dut rester longtemps ainsi, car la petite eut le temps de prendre son bain et d'apparaître intimidée, peut-être justement par ce bain imprévu, tenant une serviette sur son ventre, ses petits seins en poire se balançant légèrement.

— Vous n'êtes pas couché ?

Il la regardait, comme s'il ne l'avait jamais vue, comme si elle n'existait pas, fixait à nouveau son pied d'un œil perplexe.

— Vous voulez que je passe la nuit ?

Pourquoi donc l'aurait-il amenée ? Pour se laver à l'eau chaude ?

— Vous préférez que je me couche ?

— Dans ce lit-là, oui.

Elle s'y glissa d'un mouvement vif, se demanda si elle pouvait se couvrir, ramena le drap progressivement.

Elle le voyait se frotter les cheveux, à rebrousse-poil, se gratter la poitrine, le ventre, en revenir toujours à son pied.

Puis elle ne vit plus rien. Elle dormait.

Les lampes étaient encore allumées quand on la réveilla en touchant du doigt son épaule nue et maigre, mais il y avait déjà une lueur blanchâtre derrière les rideaux.

— Lève-toi, petite.

Il avait le visage congestionné, les yeux si gros, si luisants, qu'elle eut peur.

— Téléphone... Appelle... Qu'on fasse venir un docteur... Tu entends ?... Un docteur...

Il était toujours assis au bord du lit, les pieds sur la carpette, comme quand elle s'était endormie, mais il avait dû se coucher, car les draps étaient fripés et il y avait un creux au milieu du matelas.

— Vite, petite... Un docteur... soufflait-il avec l'air de se retenir à deux mains pour ne pas basculer en avant.

Sans s'inquiéter de ce qu'elle était nue, elle décrocha le téléphone.

Une horloge sertie dans la cloison, au-dessus d'un miroir, marquait quatre heures dix.

4

Gidoin, à son entrée, eut un sourire malin, très subtil, tout de suite noyé dans sa barbe. En même temps, il lui avait adressé un clin d'œil, peut-être pour le mettre à l'aise, peut-être aussi pour s'excuser de ce qui s'était passé rue du Mont-Cenis. Il n'était pas sale du tout, ni mal soigné. Sa barbe avait beau être blanche, ou plutôt gris-jaune, il avait un visage joufflu et ses yeux andalous.

Un instant, Maugin crut que c'était lui le juge, vraisemblablement à cause de la barbe, mais il constata bientôt que son ancien camarade n'était même pas un des personnages importants et qu'il appartenait à « la troisième série ».

C'était un « jugement » beaucoup plus complet que la dernière fois ; il semblait entendu que c'était définitif, irrévocable, mais cela se passait sans méchanceté, on pourrait dire sans solennité ni raideur. Et si, au début, il avait eu l'impression qu'il y avait foule, il se rendait compte, à présent, qu'il connaissait à peu près tout le monde.

On ne l'accueillait pas. Les gens ne se précipitaient pas pour le voir en chuchotant :

« — C'est Maugin ! »

Pourtant, quelque chose dans l'expression des physionomies indiquait qu'on l'attendait, peut-être depuis longtemps, non seulement avec une certaine curiosité, mais avec le « préjugé favorable ».

Ce qui l'avait le plus dérouté, ç'avait été d'entendre une grosse voix lancer avec un accent de terroir :

— T'es menteux, t'es tricheux, t'es chapardeux, t'es virulent comme la gale, mais t'es bâti pour faire un fameux gars !

C'était le forgeron : il était d'autant plus surpris de le trouver ici, qu'en quarante ans il n'avait probablement pas pensé à lui deux fois. Il y a des gens, comme ça, qui vous sortent de la mémoire, et c'était le cas de Le Gallec. Leur rencontre datait de ses quatorze ans, quand il était parti de son village. Il s'était arrêté, entre autres endroits, dans un bourg des environs de Nantes, où il avait fait croire au forgeron qu'il était âgé de seize ans. Le Gallec avait le visage noir et chiquait. Tous les deux travaillaient à l'enclume le torse nu, et Maugin était plus spécialement chargé du soufflet. Quant à Mme Le Gallec, toute petite et toute ronde, elle le forçait à manger quatre bols de soupe à chaque repas sous prétexte qu'il était à « l'âge ingrat ».

La présence du forgeron au « jugement », où il ne se trouvait pas par hasard, mais où il occupait une place plus en vue que Gidoin, dans « la seconde série », lui fournissait une indication qui allait peut-être le mettre sur la voie d'une vérité longtemps poursuivie en vain.

Il n'en était pas sûr, et ce n'était pas le moment de s'emballer. Mais, la veille, par exemple, il croyait encore, à cause de la farce de Gidoin, que c'était surtout le « chanteur » qui comptait.

Or ce n'était pas vrai. Le saut qu'il avait fait dans le passé n'était pas suffisant, et le forgeron, accompagné de sa femme endimanchée et tout émue, en était la preuve.

Cette époque-là était beaucoup plus « conséquente » et il se demandait comment il avait pu vivre si longtemps sans s'en rendre compte.

Cela ne se passait d'ailleurs pas sur un seul plan, mais sur deux, et cela aussi, il l'avait soupçonné voilà longtemps, surtout dans son enfance, mais il n'y avait pas cru, ou il avait feint de ne pas y croire.

Il savait fort bien qu'un jeune docteur non rasé était venu le voir dans son appartement du *Claridge* (il se souvenait même du numéro 303), alors que la petite était rhabillée et se tenait près de la porte, son sac à la main, comme si elle était entrée par hasard, en passant. Le sous-directeur aussi était monté — ou descendu, car il devait dormir au huitième étage — sans faux col ni cravate, ce qui était un événement inouï, et Maugin avait surpris un regard que le docteur lui lançait et qui voulait dire :

— Oh ! Oh ! C'est sérieux ! C'est vilain !

Le médecin questionnait la fille ;

— Il y a longtemps qu'il est dans cet état ?

Elle ne savait pas, évidemment, et, quant à lui, il se pouvait qu'il fût encore en état de parler, mais il n'en avait plus envie. L'idée ne lui venait pas et, d'ailleurs, on ne s'adressait plus à lui.

Ce qui le tracassait, c'est qu'il avait quelque chose à faire, de vraiment sérieux, et qu'il avait oublié quoi. Il avait très mal non seulement au pied, mais dans toute la moitié droite de son corps, particulièrement vers la nuque. Il savait qu'il gémissait, qu'il louchait vers la seringue qu'on préparait pour lui faire une piqûre.

On n'attendait pas que celle-ci produisît son effet pour parler librement en sa présence.

— Il a de la famille à Paris ?

— Sa femme doit être sur la Côte d'Azur, d'où il est arrivé hier au soir.

— Il faudrait le transporter immédiatement dans une clinique, car je suppose qu'il préférerait une clinique privée à l'hôpital ? Savez-vous s'il a des sentiments religieux ?

— Je ne crois pas.

— A mon avis, c'est à Saint-Joseph qu'il serait le mieux, et ils ont justement de la place.

Il n'était pas tout à fait sûr du saint. Joseph ou Antoine ? Non ! Plutôt Jean-Baptiste, une clinique qu'il connaissait parce qu'un auteur dramatique célèbre y était mort et qu'il était allé le voir, à Passy.

La question était futile. Il savait déjà, à ce moment-là, que les choses, sur ce plan, n'avaient plus grande importance, mais cela l'intéressait de les regarder en curieux. Il se souciait de menus détails. Par exemple, il n'avait rien donné à la fille, et M. Hermant, le sous-directeur, n'y penserait sûrement pas, le docteur non plus, de sorte qu'elle n'aurait rien eu pour sa nuit, sauf le bain.

Ces gens-là téléphoneraient. Le sous-directeur, anxieux de mettre sa responsabilité à couvert, s'affairait, ramassait les affaires qui traînaient et les fourrait dans la valise qu'il fermait avec une clef prise dans la poche du pantalon de Maugin.

Maugin n'était pas inquiet. Il arrivait que la douleur, sous l'effet de la drogue, devînt voluptueuse. Encore un détail qui l'avait frappé et qui prouvait sa lucidité : le coup d'œil du médecin aux bouteilles, puis celui qu'il avait lancé, à lui, comme on émet un sifflement d'admiration.

Il se souvenait moins des infirmiers, du brancard, du hall, qu'on avait dû traverser, à moins, comme c'était probable, qu'on l'eût sorti par-derrière. Mais il revoyait très bien l'immeuble où il devait à présent se trouver, le vaste ascenseur, aménagé pour les civières et les lits des malades, et qui fonctionnait au ralenti. Il avait vu passer une bonne sœur en cornette qui ne s'était pas occupée de lui.

Ces personnages-là n'étaient que sur un seul plan, le plan numéro un, tandis que certains, comme Adrien Jouve, ou comme le professeur Biguet, existaient à la fois sur les deux plans.

Il ne savait pas tout. Surtout, il n'avait aucune notion du temps qui s'écoulait, des heures, peut-être des jours, qui ne signifiaient plus rien. Comment Jouve était-il arrivé à Saint-Joseph ou à Saint-Jean-Baptiste ? Mystère. Sans doute, dès le matin, avait-il téléphoné au *Claridge* pour demander si « M. Maugin était éveillé ».

208

Il avait dû s'affoler quand on lui avait répondu qu'il n'était plus là et qu'on lui avait donné l'adresse de la clinique. Et, à son arrivée, Maugin avait déjà une fiche accrochée à son lit, on l'avait lavé depuis longtemps, vêtu d'une drôle de chemise de nuit fendue par-derrière du haut en bas et nouée avec des cordons comme un tablier ; on lui avait pris du sang dans des pipettes, on l'avait passé à la radiographie, en montant pour cela son lit, par l'ascenseur, à un autre étage, où trois docteurs au moins s'étaient penchés sur lui.

Il avait fort bien entendu Jouve questionner d'une voix piteuse :

— Il a sa connaissance ?

— Il est dans le coma.

— Pour longtemps ?

Pas de réponse. Un curieux silence, un vrai silence d'hôpital, avec des vagues chaudes émises par la fièvre et les radiateurs.

— Il faut que je téléphone à sa femme. Que dois-je lui dire ? Je suppose qu'il vaut mieux qu'elle vienne ?

Cela était indifférent à Maugin, car Alice était là aussi, mais sur le plan numéro deux, assez loin d'ailleurs, ce qui l'avait troublé : dans la quatrième ou cinquième série. Il avait beau se dire qu'on avait suivi l'ordre chronologique, il pressentait que ce n'était pas tout à fait exact ; que d'autres considérations jouaient, encore mystérieuses.

— Elle essaiera d'avoir une place dans l'avion, mais ce ne sera pas facile, à cause des régates de dimanche dernier.

C'est vrai qu'il y avait eu des régates à Cannes et qu'il n'y était pas allé. Rien que ce mot de régates, prononcé sérieusement, le faisait sourire, sur le second plan.

Malgré ce qu'il appelait leur enjouement, il se méfiait encore, car, puisqu'il s'agissait d'un « jugement », il allait avoir à répondre d'une faute. On ne lui avait pas dit si on entendrait des plaintes individuelles et il se tournait vers les uns et les autres, dérouté de les voir réunis. Il se sentait terriblement nouveau, avait envie de s'en excuser.

Yvonne Delobel, qui n'avait jamais été plus spirituelle et plus intense, mais d'une intensité différente, lui rappelait certains remords qui l'avaient tourmenté. Pas à cause de ce que les gens avaient raconté de lui. Les remords, il les avait ressentis le jour où il avait compris qu'Yvonne — comme Consuelo, comme presque tous ceux qui l'avaient approché pendant un certain temps — avait eu une influence sur son comportement futur.

Consuelo avec son goût du péché.

Yvonne avec ses volets verts. (Il n'y avait pas de volets verts, à Antibes. Ils étaient bleus. Mais n'était-ce pas tout comme ?)

Juliette Cadot, elle, lui avait donné l'horreur de ce que les gens appellent la vertu.

Elles étaient toutes là et, puisque nos actes influent sur le destin d'autrui, il était évident qu'il en avait été ainsi pour ses actions à lui.

Il plaiderait. Il demanderait pardon, en toute sincérité. Il n'avait jamais pensé que les mots qu'il prononçait, les gestes qu'il faisait — quelquefois pour le seul plaisir de remuer de l'air — étaient un peu comme les cailloux qu'on jette dans une mare et qui tracent des ronds toujours plus grands.

Auprès de qui devait-il s'excuser ? Peut-être le

juge n'était-il pas arrivé, ou bien étaient-ils tous juges et votaient-ils, après coup, comme un jury.

Contrit, il regardait Yvonne Delobel et elle lui adressait des signes de tête. Non ! Elle ne remuait pas la tête. Elle ne parlait pas non plus. Personne ne parlait réellement, mais on se comprenait mieux qu'avec des mots.

Yvonne se moquait gentiment de lui, à cause de son idée de remords. Elle lui laissait entendre que ce n'était pas ça du tout, qu'ici, on ne s'occupait pas de ces vétilles. Au fond, elle le traitait encore d'une façon protectrice. Elle avait l'air de vouloir le mettre sur la voie sans en dire plus que la consigne ne le permettait.

Peut-être commençait-il à comprendre la règle du jeu ? Le « jugement », c'était ça : il devait trouver tout seul, sans que personne lui souffle.

Alice se tenait très loin alors qu'il était question d'elle sur l'autre plan, avec des mots qui résonnent dans les oreilles et frappent les tympans comme des plombs de chasse. Biguet parlait. On était allé le chercher. Comment avait-on pensé à lui ? C'était un mystère encore, car Maugin n'avait parlé à personne de sa visite au professeur. Peut-être Jouve lisait-il ses lettres, y compris ses lettres personnelles ? Ou bien Biguet avait-il d'autres patients à la clinique et, en venant les voir, avait-il appris la présence de Maugin ?

— Son cœur ne supportera pas deux cent cinquante centimètres cubes, prononça-t-il.

Puis à Jouve :

— Sa femme est avertie ?

— Je n'ai pas osé l'affoler. Je lui ai dit que c'était sérieux, sans plus. Elle a voulu prendre l'avion. Elle vient de me téléphoner qu'il n'y a pas une seule place disponible. Comme il était trop tard pour le train de onze heures, elle prendra le Pullman de nuit.

Que de complications, les pauvres ! Et lui qui ne savait toujours pas ce qu'il avait oublié ! Il s'était pourtant rappelé le chauffeur, qui avait dû venir l'attendre à la porte du *Claridge* et à qui il n'avait pas payé sa course de la nuit. Il y avait autre chose, qui ne lui revenait pas en mémoire et dont il se souviendrait sans doute quand il retrouverait le loisir de s'occuper de ce plan-là. On le tripotait comme un nouveau-né à qui on ne demande pas son avis. Il n'en était pas vexé, au contraire.

Il devait avoir les yeux fermés et, pourtant, il avait parfois l'impression qu'il regardait avec une curiosité tranquille, un peu dédaigneuse, ou protectrice, comme Yvonne regardait les gens.

La question des séries était autrement excitante et il avait encore du travail considérable à accomplir s'il voulait gagner son « jugement » à temps. Qui était chargé de limiter le temps ? Il l'ignorait. Gidoin, par les airs qu'il prenait, aurait aimé faire croire que c'était lui, mais ce n'était probablement pas vrai.

La présence du forgeron, à un échelon supérieur à celui occupé, entre autres, par des femmes qui avaient été ses épouses, lui fournissait matière à réflexion. Autour de Le Gallec, c'était grouillant d'autres gens qu'il aurait pu appeler, pour simplifier, les « quatorze à vingt », ceux qu'il avait connus de quatorze à vingt, quand il faisait un peu tous les métiers au petit bonheur la chance, sans se préoccuper de ce qui adviendrait de lui.

Eh bien ! dans l'espace de quarante ans, il ne lui était presque jamais arrivé d'évoquer ces personnages-là autrement qu'en rêve. Et encore ! Eveillé, il les chassait, si par hasard ils lui revenaient à l'esprit. Il en avait honte, ressentait une gêne, peut-être un sentiment de culpabilité ?

Or voilà qu'on le faisait remonter beaucoup plus loin encore et que M. Persillange apparaissait, non comme un petit figurant anodin, ainsi qu'on aurait pu s'y attendre, mais comme un personnage de la première série.

Ce n'était pourtant que l'instituteur de son village et dont, la veille, il aurait été incapable de retrouver le nom — comme il avait été incapable de citer les paroles de la chanson.

M. Persillange avait sa barbiche, son lorgnon, ses manches de lustrine noire, ses yeux de bouc malicieux :

— Vous êtes encore occupé à rêver, Maugin ?

Il tressaillit. Il tressaillait toujours quand M. Persillange l'interpellait à brûle-pourpoint, parfois avec un coup sec de sa règle sur le pupitre, et il avait l'impression de s'être échappé par la fenêtre qui donnait sur le ciel et sur l'eau dormante des marais.

Devait-il lui demander pardon ? C'était cruel de ne pas se sentir aidé, mais il admettait que c'était « indispensable ». Il avait beau être Maugin, ici on ne pouvait pas se permettre des tours de faveur et, d'ailleurs, il n'en demandait pas.

Pourquoi ne leur dirait-il pas qu'il n'en avait jamais demandé, qu'il avait toujours fait son possible, sans ménager sa peine, et que, s'il avait le ventricule gauche comme une poire blette, c'était justement pour s'être débattu ?

Ils avaient compris ça. Il oubliait qu'ici il n'était pas nécessaire de parler. Ils souriaient en hochant la tête, preuve qu'il n'y était pas encore. Et c'était intéressant de constater la gradation des sourires, qui n'étaient pas les mêmes d'un bout à l'autre.

Alice, par exemple, qui devait se hisser sur la pointe des pieds et qui tenait Baba sur son épaule pour qu'elle pût voir aussi, n'avait qu'un demi-sourire, encore teinté d'inquiétude, peut-être d'incompréhension, tout comme Cadot qui, non loin d'elle, était préoccupé par sa nouvelle femme et par sa marmaille, et regardait tout le temps sa montre en fronçant les sourcils, comme si on lui faisait rater l'heure de son bureau.

On avait certainement eu une raison pour les convoquer. Si c'était pour le tranquilliser ?

Le sourire de Maria, l'habilleuse, était plus franc. On aurait dit qu'elle avait deviné depuis longtemps, et il avait envie de lui demander pardon pour toutes ses méchancetés, pour tous les gros mots, choisis exprès afin de la mettre en rogne.

Il fallait croire que c'était sans importance, car elle l'encourageait du regard. Consuelo aussi, et Yvonne, et, en somme, tout le monde, plus particulièrement ceux de la première série, qu'il reconnaissait à peine. Sa sœur Hortense en faisait partie, et les plus petites, qu'il avait peu connues jadis, dont il ne s'était jamais inquiété, paraît-il, et qui pourtant paraissaient fort avant dans le secret. L'abbé Cœur était là, qui lui avait fait faire sa première communion et lui avait offert le livre de messe que son père ne voulait pas lui payer.

— Il n'y a rien à tenter avant que l'injection ait produit son effet.

Ça, c'étaient les autres, et il se demanda un instant, sans s'y attarder, si, sur ce plan-là, on avait averti Cadot, Juliette, Maria, tout le monde. Est-ce que Joseph était allé pêcher sans lui ?

Il avait horriblement chaud, beaucoup plus chaud qu'à bord de la *Girelle,* avec la même envie de vomir. Il devait lui arriver de remuer, peut-être de gémir ou de crier, car, de temps en temps, on lui faisait une piqûre à la cuisse et la douleur redevenait agréable.

Il fallait avertir Audubon et Weill que le procès n'aurait pas lieu, que tout était arrangé et qu'ils auraient tous les certificats médicaux qu'ils voudraient.

Non ! Ce n'était pas la peine. Ceux-là ne comptaient pas, n'avaient rien à voir avec le « jugement » et il lui fallait coûte que coûte trouver la solution du problème.

— Mon père, je m'accuse...

C'était l'abbé Cœur qui lui avait appris ça — il n'avait prononcé la formule qu'une fois, quand il s'était confessé pour sa communion — et voilà que l'abbé Cœur souriait en hochant la tête.

Ce n'était donc pas encore ça, pas les péchés dont il avait étudié la liste pour l'oublier ensuite. Il en était satisfait, au fond, mais cela compliquerait la question.

Il était coupable, sans l'ombre d'un doute. Il le savait. Il l'avait pour ainsi dire su toute sa vie.

Il avait senti, en tout cas, qu'il n'était pas en règle, que quelque chose clochait, ne tournait pas rond, quelque chose contre quoi il luttait plus ou moins consciemment.

Un peu comme s'il avait nagé de toutes ses forces

dans un courant violent pour atteindre un but invisible, la terre ferme, ou une île, ou simplement un radeau.

Il rougissait, confus. Car il avait été grand et fort. Il était le plus grand et le plus fort de tous, comme le forgeron l'avait si bien dit. Or, il n'était arrivé nulle part. Il n'avait pas atteint le but. Il levait des yeux timides vers le curé.

— C'est cela ?

Pas encore.

Ils étaient au moins trois, maintenant, à le triturer, à lui ouvrir la bouche avec une cuiller ou un instrument de métal, et même à toucher ses parties génitales dont Yvonne, autrefois, faisait tant de cas.

Ce n'était pas cela non plus ? Il s'en était douté.

Quelle était alors la faute qu'il avait commise ? De se tromper de but, de vouloir être Maugin, toujours plus Maugin, un Maugin de plus en plus important ? Il allait leur en expliquer la raison et ils comprendraient.

Il avait fait ça pour fuir. Oui ! Pour fuir. Le mot était juste. Il avait passé sa vie à fuir. A fuir quoi ? Cela devient gênant de répondre devant les gens de la première série, surtout qu'il y apercevait son père et sa mère qui ne paraissaient pas mal vus le moins du monde.

Bon ! Tant pis ! Il les avait fuis, eux, et il avait fui l'école de M. Persillange, et la sœur de Nicou, et Nicou, et les autres, et l'abbé Cœur, et le village, les prés sous l'eau et les canaux glauques.

Après, il avait fui le forgeron et sa grosse femme. Il les avait fuis tous, les uns après les autres, et, quand il ne voyait plus rien à fuir, il se mettait à boire pour les fuir encore.

216

Parfaitement ! Cela ne devenait-il pas lumineux ?

Il avait faim et il fuyait la faim. Il vivait dans les mauvaises odeurs des hôtels borgnes et il fuyait la nausée. Il avait fui le lit des femmes qu'il avait possédées parce qu'elles n'étaient que des femmes et, une fois seul, il buvait pour se fuir lui-même.

Il avait fui toutes les maisons qu'il avait habitées et où il se sentait prisonnier, fui jusqu'à Antibes, fui Antibes... Il avait — pardon, Gidoin — fui l'atelier puant de la rue du Mont-Cenis.

Seigneur ! Combien il avait pu fuir de choses et comme il se sentait éreinté !

Etait-ce enfin ça ? Est-ce que la règle était de rester, d'accepter ? Il était indispensable qu'on l'aide, au point où il en était, car cela devenait de plus en plus difficile.

Que les autres, en bas, cessent de tripatouiller sa carcasse, qu'ils en finissent de chuchoter autour de lui. Qu'on l'aide ! C'était urgent. Il allait tout rater, peut-être par la faute de quelques minutes, après en avoir tant fait.

Les séries... Il avait bien compris, tout à l'heure, qu'elles devaient lui fournir une indication, et il les regardait les unes après les autres, avec tous les visages encourageants tournés vers lui dans l'attente. Cela le peinait de voir Alice, qui lui aurait sans doute soufflé la réponse, incapable de l'aider parce qu'elle ne savait pas non plus.

Tout ce qu'elle faisait, tout ce qui était en son pouvoir, c'était de tenir Baba au-dessus de sa tête pour qu'il la vît encore, comme elle le faisait à la fenêtre, quand il rentrait de la pêche.

Il avait été dur, parfois méchant, presque toujours égoïste.

Pourquoi cela les faisait-il rire ? Ils ne le prenaient pas au sérieux et on aurait juré, à les voir, qu'on était en train de jouer aux devinettes. Il ne s'était pas donné tant de mal toute sa vie durant pour venir en fin de compte jouer aux devinettes avec des gens qui connaissaient d'avance la solution.

Sa grand-mère, Dieu sait pourquoi, se mettait à écosser des pois. Il entendit d'abord le bruit qu'ils faisaient en tombant par quatre ou par cinq dans un seau où ils rebondissaient et il la reconnut parfaitement. Il se souvenait encore mieux d'elle en fermant les yeux, sentait alors la pierre fraîche du seuil sous son derrière nu, une mouche qui remuait ses pattes dans la confiture restée sur sa joue. Le ciel était d'un bleu uni, baigné d'un soleil qui pétillait, qui transperçait ses paupières, sous lesquelles des images passaient ; des objets ou des êtres mystérieux, qu'il n'avait jamais revus ensuite, franchissaient l'espace d'un horizon à l'autre, en ligne droite ou en zigzags, avec parfois des arrêts imprévus, comme pour le regarder.

Pourquoi sa grand-mère, qui ne savait ni lire ni écrire, prenait-elle un air si malin, si sûr d'elle et de lui ? Il avait à peine trois ans quand elle était morte.

— Je n'ai jamais voulu fuir, déclara-t-il soudain en rougissant un peu, parce qu'il avait l'impression de se parjurer, de dire exactement le contraire de ce qu'il avait confessé auparavant, ce qui devait être grave.

Mais il était de si bonne foi qu'ils devaient le sentir.

Il les regardait avec des yeux neufs, les uns après

les autres, de la première série à la dernière, adressait un clin d'œil rassurant à Alice, car la vérité était si évidente qu'il avait envie de se mettre à rire.

Cela devait être la nuit, sur l'autre plan ; tout était silence ; on avait mis Jouve hors de la chambre : Alice n'était pas arrivée, n'arriverait pas avant le matin.

D'ici là, il aurait trouvé la solution.

« L'infection, avait dit tout à l'heure un des autres, est en train de gagner les centres... »

Ici, des mots difficiles que Jouve devait comprendre puisqu'il s'était mis à sangloter tout haut, avec des hoquets : c'est alors qu'on l'avait fait sortir.

Il était fort possible que, sur la Butte, Gidoin, le sale, celui qui buvait du marc à la bouteille comme au biberon et qui le regardait méchamment en fredonnant sa chanson, ne fût pas encore tout à fait mort.

Quant à l'autre Gidoin, il souriait toujours, mais cela ne signifiait rien.

La preuve, c'est qu'il avait envie de sourire aussi et que, s'il ne le faisait pas, c'est qu'il n'était pas encore tout à fait sûr. (Il avait envie de toucher du bois, mais il n'y en avait pas à sa portée, il n'en voyait nulle part.)

Une autre preuve de sa soudaine liberté d'esprit, c'est le coup d'œil qu'il lança au comte, présent aussi, et qui avait l'air d'un petit jeune homme tout ce qu'il y a de plus quelconque.

Il était temps de parler.

— J'ai cherché quelque chose qui n'existe pas, commença-t-il beaucoup trop vite, comme les mauvais acteurs qui craignent de rater leur réplique.

Et, tout de suite, levant la main :

— Non ! Attendez ! Encore un instant. Ce sont les mots qui ne viennent pas, mais je sais. Ce que je...

C'était fou ce que cela pouvait être lumineux, exaltant. Ses rêves, parbleu, les fameux rêves qu'il faisait en regardant le ciel près de sa grand-mère qui écossait des petits pois, puis à l'école, devant la fenêtre ouverte sur le marais...

« Donnez-moi les mots, Seigneur, donnez-moi tout de suite les quelques mots indispensables. Vous savez bien qu'il faut que je fasse vite, vite... »

L'infirmière était molle et rousse. Il reconnaissait l'odeur de rousse. Pourquoi se mettait-elle à lui parler comme à un petit enfant ?

Il n'avait pas fini. Il avait cherché quelque chose. Parce qu'il n'avait pas confiance. Parce que...

Est-ce qu'on n'allait pas l'aider ? Est-ce qu'on lui laisserait tout rater, comme il avait tant raté de choses dans sa vie ? Il ne fallait pas qu'il rate celle-ci. Ce ne serait pas juste...

— Mon père, je m'accuse...

C'était si simple, pourtant, et point n'était besoin de trente-deux malles d'osier, d'un bateau, d'une « automobile », ni des milliers de verres qu'il avait bus honteusement.

Sur l'épaule d'Alice, Baba le regardait de ses grands yeux limpides, et voilà qu'elle se mettait à sourire, à agiter ses bras potelés.

Qu'est-ce qu'il avait poursuivi avec tant de passion, de rage ?

— Une seconde infirmière !

Il n'était pas sûr de parler. Cela n'avait pas d'importance.

En même temps qu'il courait pour attraper Dieu sait quoi, il fuyait.

Voilà !

Et, ce qu'il fuyait...

Etait-ce là ? Est-ce qu'on allait lui accorder son « jugement » ?

Ils se levaient, pêle-mêle, comme à l'école à l'heure de la récréation. Ils se levaient trop tôt. Il n'avait pas fini. Il n'avait pas encore dit le principal.

— Un *Pater* et dix *Ave,* bredouilla, dans un sourire, l'abbé Cœur en passant près de lui.

— Mais, monsieur le curé...

Ce n'était pas juste non plus. C'était trop facile. Et si, faute d'être fait sérieusement, le « jugement » allait n'être pas valable ?

— Ecoutez... Ce que je poursuivais et ce que je fuyais, voyez-vous, c'était...

Quel chemin pour en arriver là ! Toute une vie d'homme ! Il en avait les jambes tremblantes, la sueur ruisselait de son front, de tout son corps. Il avait monté la pente trop vite et son cœur n'en pouvait plus, avait des ratés. Une, deux, trois... Un vide... Quatre, cinq, six... Encore un, plus long, comme si ça n'allait pas revenir.

Ses yeux étaient ouverts. Il voyait. L'infirmière rousse était penchée sur lui, dans une lumière tamisée.

— ... Sept, huit, neuf...

Son corps se raidissait comme s'il avait voulu faire le pont et, soudain, il eut honte, il sentit que les larmes giclaient, balbutia, sans pouvoir se servir de ses mains, qu'il ne retrouvait pas, pour se cacher le visage :

— Pardon, madame... J'ai fait caca...

Les yeux restèrent ouverts, avec le mouillé des larmes sur la paupière, tandis que la nurse tendait le bras pour atteindre un bouton électrique.

Il était une heure dix du matin.

Jouve dormait, sur une banquette, dans la salle d'attente de la clinique.

Alice était dans le train, entre Marseille et Lyon.

Quand elle ouvrit la portière, à Paris, elle vit un gros titre noir, en première page de tous les journaux :

« MAUGIN EST MORT »

Carmel by the Sea (Californie), 27 janvier 1950.

Composition réalisée par JOUVE

IMPRIMÉ EN ESPAGNE PAR LIBERDUPLEX
Barcelone
dépôt légal éditeur : 40962 - 01/2004
LIBRAIRIE GÉNÉRALE FRANÇAISE - 43, quai de Grenelle - 75015 Paris.
ISBN : 2 - 253 - 14303 - 0